VeredaS

PEDRO BANDEIRA

A droga da obediência

A primeira aventura dos Karas!

3ª EDIÇÃO

 Moderna

© PEDRO BANDEIRA 2003
1ª edição 1984
2ª edição 1992

☰III Moderna

COORDENAÇÃO EDITORIAL	Maristela Petrili de Almeida Leite
EDIÇÃO DE TEXTO	Erika Alonso, Maria Odete Garcez
COORDENAÇÃO DE PRODUÇÃO GRÁFICA	Fernando Dalto Degan
COORDENAÇÃO DE REVISÃO	Estevam Vieira Lédo Jr.
REVISÃO	Bel Ribeiro
EDIÇÃO DE ARTE/PROJETO GRÁFICO	Ricardo Postacchini
CAPA	Postacchini
ILUSTRAÇÕES DE CAPA	Alberto Naddeo
ILUSTRAÇÕES DE MIOLO	Hector Gomez
DIAGRAMAÇÃO	Anne Marie Bardot
SAÍDA DE FILMES	Helio P. de Souza Filho, Marcio H. Kamoto
COORDENAÇÃO DE PRODUÇÃO INDUSTRIAL	Wilson Aparecido Troque
IMPRESSÃO E ACABAMENTO	Yangraf Gráfica e Editora Ltda.

Dados Internacionais de Catalogação na Publicação (CIP)
(Câmara Brasileira do Livro, SP, Brasil)

Bandeira, Pedro, 1942-
    A droga da obediência / Pedro Bandeira. —
3. ed. — São Paulo : Moderna, 2003. — (Coleção
veredas)

    1. Literatura infanto-juvenil I. Título.
II. Série.

02-6238   CDD-028.5

Índices para catálogo sistemático:
1. Literatura infanto-juvenil   028.5
2. Literatura juvenil   028.5

ISBN 85-16-03520-4

EDITORA MODERNA LTDA.
Rua Padre Adelino, 758 - Belenzinho
São Paulo - SP - Brasil - CEP 03303-904
Vendas e Atendimento: Tel. (0_ _11) 6090-1500
Fax (0_ _11) 6090-1501
www.moderna.com.br
2005

Impresso no Brasil

Para o Rodrigo

Sumário

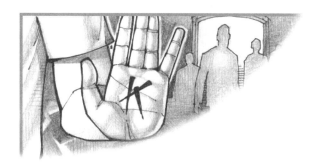

1. Os Karas

A campainha do Colégio Elite *não soou* dando o sinal para o recreio porque o Colégio Elite não tinha campainha. Um colégio especial como aquele, para estudantes muito especiais, não precisava de sinal. Todas as decisões no Elite contavam com a participação direta dos alunos, que, por isso, cumpriam as regras sem precisar de qualquer comando.

Naquele momento, porém, Miguel não estava pensando nas regras democráticas do colégio, embora fosse um dos mais entusiasmados oradores das assembléias semanais. Não estava também ligado nas suas responsabilidades como presidente do Grêmio do Colégio Elite.

Enquanto andava apressado, depois de passar pela sala do diretor, a preocupação de Miguel era bem outra. Na biblioteca, no computador, consultou os jornais dos últimos meses e separou algumas matérias. A impressora rapidamente lhe forneceu duplicatas dos trechos selecionados.

Com a pasta de cópias debaixo do braço direito, Miguel entrou silenciosamente no anfiteatro do Elite. De frente para o palco, onde ensaiava o elenco de teatro do colégio, ele mostrou rapidamente a palma da mão esquerda. Nela, alguém viu um *K* desenhado a tinta.

* * *

A professora de arte ficou chateada quando o ator principal da peça pediu para deixar o ensaio, pois não agüentava mais de dor de cabeça.

— Está bem, Calu. Vá tomar um comprimido.

* * *

Ninguém entendeu quando Crânio abandonou aquela partida de xadrez, reconhecendo uma derrota que não existia, já que seu adversário estava irremediavelmente perdido, com um bispo a menos e o rei encurralado, em posição de levar xeque-mate em poucos lances.

Mas o xadrez tinha de esperar, porque o jovem gênio do Colégio Elite tinha visto um *K* desenhado na palma da mão que se abrira na entrada da sala de jogos.

* * *

Quando Magrí viu aquele *K*, estava no meio de uma cortada fulminante que não pôde ser aparada pelas jogadoras do outro time. E o professor de Educação Física teve de lamentar a saída da melhor jogadora de vôlei do Colégio Elite. Afinal, a garota tinha se queixado de uma torção no tornozelo. Era melhor não forçar, pois o campeonato intercolegial começaria no próximo mês, e o time não era nada sem Magrí. A menina saiu mancando da quadra até se ver fora das vistas do professor. Aí, não precisando mais fingir, correu para o esconderijo secreto dos Karas.

* * *

Na entrada dos vestiários do Colégio Elite, havia um quartinho onde eram guardadas as vassouras e outros materiais de limpeza. Um cantinho sem lâmpada, escuro mesmo de dia. Por isso era difícil perceber o pequeno alçapão que havia no forro.

Com a agilidade de um gato, Magrí saltou, agarrando a beirada do alçapão. Afastou a tampa e jogou o corpo para cima como um trapezista.

Estava no esconderijo secreto dos Karas: todo o vasto forro do imenso vestiário do Colégio Elite, iluminado no centro por algumas telhas de vidro por onde passava a luz do dia, deixando todo o resto mergulhado na escuridão.

Bem no centro da pequena área iluminada, estava Miguel, sentado sobre os calcanhares. À sua frente, espalhadas pelo chão, havia várias cópias de matérias de jornal. Ao seu lado, Crânio e Calu esperavam em silêncio.

9

Magrí fechou o alçapão e agachou-se junto aos amigos, sem uma palavra.

O grupo dos Karas estava completo. Haviam sido convocados pelo *K* desenhado na mão esquerda de Miguel, o sinal de emergência máxima.

Crânio tirou sua famosa gaitinha do bolso e ficou passando-a pelos lábios, sem soprar, lentamente.

Calu quebrou o silêncio, sem se preocupar com o tom de voz, pois o forro do vestiário era uma laje de concreto bem espessa e não deixava vazar nenhum som:

— O que houve, Miguel?

Com os olhos nas cópias de jornal, ainda sentado como um sacerdote budista, Miguel falou pausadamente:

— É uma emergência máxima. Está na hora de os Karas...

Um ruído veio do alçapão. Por um décimo de segundo, os Karas se entreolharam. O grupo estava completo. Quem estaria invadindo o esconderijo?

Obedecendo a um sinal de cabeça do líder, Crânio, Magrí e Calu saltaram para longe da luz, escondendo-se silenciosamente na escuridão.

Estariam descobertos? Ou seria algum servente do colégio que resolvera subir no forro do vestiário por alguma razão inocente?

A tampa do alçapão foi afastada. Os Karas puderam perceber que havia alguém pendurado na beirada, esforçando-se para subir. Parecia ser um corpo bem mais leve do que o de qualquer um dos serventes.

Magrí estendeu o braço e apertou a mão protetora de Miguel.

Uma cabecinha apareceu na abertura do alçapão e uma vozinha brincalhona invadiu o forro:

— Vamos, Karas, apareçam! Eu sei que vocês estão aí!

O dono da vozinha e da cabeça pulou para dentro do esconderijo, fechou o alçapão e avançou até a área iluminada.

Os Karas puderam ver a carinha sorridente do Chumbinho.

* * *

— Como é, Karas? Eu sei *quem* vocês são, *o que* vocês são e sei que esta deve ser uma reunião importante.

Dos cantos escuros não veio nenhuma resposta.

O pequeno intruso continuou:

— Que surpresa, hein? Eu sei tudo sobre vocês. Há muito tempo estou de olho em todos os seus movimentos. Mas não precisam esquentar a cabeça: *só eu* sei de vocês, não contei nada a ninguém!

O silêncio novamente respondeu ao menino.

— E então? Querem brincar de esconde-esconde? Ah, ah, ah! Eu pensava que os Karas se reuniam para coisas mais importantes!

Calu mordeu o lábio e Magrí apertou um pouco mais a mão de Miguel, enquanto Chumbinho continuava com a brincadeira, saboreando o seu triunfo:

— Querem que eu encontre vocês? Quem vai ser o primeiro? A Magrí-magricela? O Crânio? O Calu? Ou vamos começar pelo chefão? Hein, Miguel? O que você me diz? Eu sei ou não sei quem são vocês?

Lentamente, cada um dos Karas saiu da escuridão. Chumbinho logo estava cercado pelos quatro, bem debaixo da luz que se escoava pelas telhas de vidro. O menino era um palmo mais baixo que o menor dos Karas, mas seu sorriso era o de um gigante:

— Olá, pessoal! Por essa vocês não esperavam, hein?

Magrí agarrou o garoto pela gola do uniforme:

— Seu pirralho! Eu devia...

— Ei, calminha, campeã! É assim que vocês recebem as visitas?

— Largue o menino, Magrí.

Era a voz de Miguel. Baixa, seca, como deve ser a voz de um comandante.

Magrí soltou Chumbinho, e Miguel pôs a mão no ombro do invasor:

— O que você quer aqui?

— Ora, Miguel, ainda pergunta? Eu quero ser um dos Karas, é lógico!

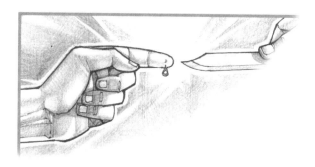

2. ESTRANHOS ACONTECIMENTOS

Chumbinho teve de esperar no escuro, mas a reunião dos quatro Karas, improvisada para resolver o problema provocado pelo menino, foi rápida. Não havia o que discutir, pois o pirralho descobrira o esconderijo secreto. O jeito era continuar a reunião como se Chumbinho fosse um dos Karas. Mais tarde teriam de encontrar outro esconderijo e despistar o garoto. Todo o esquema de segurança dos Karas teria de ser alterado, as rotinas revistas, os códigos secretos modificados. Diabo! Ia ser uma mão-de-obra danada. Raio de moleque!

É claro que Chumbinho devia pensar que os Karas eram uma equipe maluca que se reunia secretamente para brincar de espião e detetive, porque o menino quase chorou de emoção quando foi submetido a uma rápida "cerimônia de iniciação" na "Ordem dos Karas", que Miguel inventou na hora só para fazer feliz o pequeno invasor.

Espetaram o dedo do menino com um canivete, fizeram-no escrever uma declaração de fidelidade e carimbá-la com o próprio sangue (uma gotinha só); ele teve de repetir um juramento (também inventado na hora) cheio de expressões como "até a morte", "oferecerei minha própria vida" e outras bobagenzinhas que deixaram o pobre do Chumbinho com um nó na garganta e uma lágrima equilibrada na beiradinha da pálpebra.

Calu queria introduzir outras brincadeiras na tal cerimônia, mas Miguel não deixou; a emergência máxima não podia mais ser adiada.

* * *

Agora eram quatro ouvindo Miguel e as razões da emergência máxima, só que um deles não cabia em si de orgulho e achava que todo mundo estava ouvindo o bater emocionado do seu coraçãozinho.

— É claro que todos vocês já ouviram falar do desaparecimento de estudantes — recomeçou o líder dos Karas. — Vejam aqui nestes jornais: este rapaz sumiu do Equipe, esta garota, do Dante, este outro, do Rainha, este aqui, do Galileu, esta, do Objetivo, outro do Dante, um do Vera...

— Mas o Elite, até agora, está fora disso — interrompeu Magrí. — Não sei então por que os Karas...

— O "até agora" acabou, Magrí. Neste instante, na sala do diretor, estão os pais do Bronca com dois sujeitos com pinta de polícia.

— E daí? Isso não quer dizer que...

— Eu vi as caras de fantasma dos pais do Bronca, pessoal. Cheguei perto e ouvi a mãe dele chorando e dizendo: "Meu filho! Onde está o meu filhinho?..."

— É mesmo! — lembrou Calu. — Desde a semana passada eu não vejo o Bronca!

Todos se calaram. A terrível onda de desaparecimentos estava apavorando a cidade. Em dois meses, vinte e sete estudantes haviam se evaporado sem deixar nem cheiro. A polícia rodava feito barata tonta, percorrendo a cidade com as sirenes abertas, batendo em todas as portas, dando entrevistas para todos os canais de televisão, e nem um bilhete ou uma nota de resgate tinha aparecido para jogar um pouco de luz naquele mistério. Agora, parecia ser a vez do Elite.

Chumbinho estava excitadíssimo. Durante meses tinha seguido cada passo dos Karas, tinha preparado cuidadosamente seu plano e, no momento certo, tinha conseguido o que queria: ser um dos Karas, o avesso dos coroas, o contrário dos caretas! E agora estava envolvido numa aventura da pesada. Com seqüestros, polícia e tudo. Era demais!

— Logo o Bronca! — lembrou Chumbinho. — Ainda na sexta-feira eu convidei o Bronca para uma

15

escapadinha até o fliperama. Gozado! Ele estava tão...
tão esquisito...

Até aquele momento, Crânio só tinha ouvido a discussão, com sua gaitinha nos lábios, sem um som e também sem uma palavra. Mas o que Chumbinho contava parecia importante:

— Esquisito, Chumbinho? Esquisito, como?

— Sei lá. Esquisito... careta... diferente... sei lá!

— Fale, garoto! — comandou Miguel. — Tudo pode ajudar a gente.

Mais uma vez Chumbinho tinha conseguido tornar-se o centro de atração dos Karas. Estava radiante!

— Bom... vocês sabem como é o Bronca...

— Claro que sabemos, Chumbinho — apressou Magrí.

— É o sujeito mais esquentado do Elite. É por isso que todo mundo chama o Bronca de Bronca.

— Pois é — continuou Chumbinho. — Na sexta-feira, ele estava diferente. Era como se não fosse o Bronca. Diferente! Parecia um carneirinho, mas um carneirinho com um olhar estranho, parado, nem sei explicar direito...

— Vê se dá um jeito de explicar, moleque! — ralhou Calu. — Fala logo. Vê se não enrola!

— Não estou enrolando, Calu! Eu falei pra gente pular o muro e ir até o flíper, mas o Bronca disse que não, ficou dizendo que era proibido, ficou repetindo que tudo era proibido, que ele tinha de obedecer...

16

Aí Calu estourou:

— Ora, deixa de besteira, Chumbinho! O Bronca é o maior rebelde do Elite. Proibição pra ele é piada!

— Mas é isso mesmo que eu estou tentando explicar! Por isso é que eu disse que ele estava tão diferente. Estava... obediente...

— Obediente?! — riu-se Calu. — Tem graça! O Bronca, obediente!

Miguel compreendeu que, pelo menos por enquanto, não ia ser possível livrar-se de Chumbinho, porque ele poderia ser útil. Era uma testemunha. Mais tarde não faltaria ocasião de inventar uma forma de afastar o garoto.

— Muito bem, Karas, vamos agir. Magrí, tente descobrir se o Bronca tinha alguma namorada. Com cuidado. Pelo jeito, nem os pais, nem a polícia, nem o diretor querem que o desaparecimento venha a público. Eu vou descobrir onde ele mora e procurar os lugares que ele freqüentava. Calu, papeie com os colegas de classe do Bronca. Descubra quem foi o último a falar com ele. Descubra tudo o que puder. Amanhã nos encontraremos aqui, no primeiro intervalo.

— E eu? — perguntou Chumbinho.

Raio! O que fazer com o Chumbinho? O menino tinha sido necessário para descrever os últimos passos do Bronca, mas era só. Se ele não tivesse alguma tarefa, ia acabar perturbando. Miguel teve uma idéia: havia o Bino, um garoto novo na escola, meio apagado, que tinha sido transferido para o Elite há poucos dias. Era isso! Bastava colocar Chumbinho em campo neutro e ele não iria atrapalhar.

— Preste atenção, Chumbinho. Agora você é um dos Karas. Não se esqueça do seu juramento. Quero que você cole no Bino, mas com muito cuidado. Pergunte se ele já fez amizades no colégio, pergunte se ele conhece o Bronca... não force nada e não fale do assunto com mais ninguém. Amanhã você me conta o que conseguiu, tá?

— Jóia, chefe! — O menino sorriu feliz. — Deixa comigo!

— Quanto a você, Crânio...

— Eu? — riu-se o gênio da turma. — Eu vou pra casa!

— Pra casa?! — estranhou Chumbinho. — Numa hora dessas? Fazer o quê?

— Pensar, Chumbinho, pensar...

3. Investigação no Elite

Todas as manhãs, a chegada dos estudantes ao Colégio Elite era uma algazarra total. Naquela terça-feira, a excitação era muito maior, pois o desaparecimento do Bronca não era coisa que se conseguisse manter em segredo, embora o diretor do colégio tivesse tentado abafar o escândalo de todas as maneiras.

Os Karas tinham passado todo o dia anterior investigando secretamente, e a polícia também tinha feito a sua parte. Por todos os lados, policiais fardados e à paisana espalhavam-se como se o Elite estivesse para ser atacado por um exército.

Agora Miguel estava ali, na sala do professor Cardoso, o diretor do Colégio Elite. Um homem importante. Nacionalmente, ou melhor, mundialmente respeitado como o criador de uma experiência educacional avançadíssima, o Colégio Elite.

Naquele colégio, a palavra *diálogo* traduzia o relacionamento entre alunos e professores, ou entre representantes dos alunos e direção do colégio. E ali estavam Miguel, como presidente do Grêmio, e o professor Cardoso, como diretor.

— Miguel, eu conto com você — começou o diretor. — É preciso manter os estudantes tranqüilos e confiantes na atuação da polícia. Tudo está sob controle. Não há nada a temer. A polícia já tomou todas as providências.

— Que providências, professor Cardoso? A polícia já encontrou o Bronca? Já sabe o que aconteceu com os outros estudantes desaparecidos?

— Ainda não, Miguel. Mas...

— Então a única forma de acalmar os alunos do Elite é falar a verdade para eles.

O professor Cardoso encarou Miguel, com uma expressão divertida:

— A verdade? Qual verdade?

— Só existe uma verdade, professor Cardoso.

— É mesmo? — sorriu o diretor. — E qual é ela?

— É falar francamente do desaparecimento do Bronca. É contar a eles tudo o que a polícia já descobriu. É alertá-los para que eles possam se proteger e evitar que um deles seja a próxima vítima.

— A próxima vítima? Quem lhe disse que haverá uma próxima vítima?

— E quem garante que não haverá, professor Cardoso?

O diretor recostou-se no espaldar alto de sua cadeira giratória. Percebeu que não seria fácil dobrar a personalidade do rapazinho.

— Eu não posso garantir a você que nenhum outro garoto será seqüestrado, Miguel. Mas eu posso assegurar-lhe que qualquer escândalo maior em torno do desaparecimento do nosso aluno só poderá ser prejudicial ao Elite.

— Acho que não se trata de evitar escândalos envolvendo o Elite, professor Cardoso. O Elite *já está* envolvido.

O diretor suspirou profundamente:

— Há pouco você disse que só existe uma verdade, não foi, Miguel? Você ainda é muito jovem, não faltará ocasião de aprender que as coisas são relativas. A verdade tem várias facetas. Dependendo do lado que se olha, um mesmo fato pode parecer totalmente diferente.

— Eu só vejo um modo de olhar a verdade — interrompeu Miguel. — O modo certo.

O professor Cardoso ignorou a interrupção:

— Veja o caso do desaparecimento do Bronca, por exemplo. Se alertarmos nossos alunos, talvez estejamos alertando também os seqüestradores. Se contarmos a todo mundo o que sabemos, talvez estejamos nos revelando também para os bandidos.

— O senhor quer dizer que já há suspeitos aqui mesmo, no Elite?

— Eu não disse isso. Para não prejudicar as investigações, a polícia não está confiando nem em mim. E eles estão muito certos. Já conseguimos também a colaboração da imprensa. Nenhuma providência policial será noticiada até que os estudantes sejam encontrados. Só falta agora a sua colaboração, Miguel. Conhecemos a sua liderança e contamos com ela. Temos de impedir o pânico dentro do Elite. É só isso que eu peço: impedir o pânico.

Miguel raciocinou por um segundo e decidiu-se. Afinal de contas, alimentar o pânico não ajudaria em nada.

— Verei o que posso fazer, professor Cardoso.

Nesse momento, a secretária do diretor abriu a porta:

— Professor Cardoso, os policiais chegaram.

— Eu estava esperando por eles. Peça para entrarem, por favor.

Eram dois detetives de terno, com expressão sisuda, própria da profissão, e cansada, de quem estava às voltas com vinte e oito desaparecimentos de estudantes. Sentaram-se no amplo sofá da diretoria. Um deles brincava com um molho de chaves, fazendo um barulho ritmado, irritante.

O professor Cardoso apontou para o mais velho dos dois homens, um sujeito meio gordo, suarento, que mal cabia no terno surrado.

— Miguel, este é o detetive Andrade. Ele quer fazer algumas perguntas a você.

O detetive enxugou o suor do pescoço e da careca com um lenço amarrotado e falou, sem olhar para o garoto, como se estivesse interrogando as paredes:

— Eu estou no comando das investigações, meu rapaz, embora ache que não há nada para investigar. Essa juventude irresponsável é assim mesmo. Vai ver, o tal garoto... Como é mesmo o apelido dele? Bronca, não é? Vai ver, o tal do Bronca está por aí aprontando alguma confusão, enquanto faz a polícia perder tempo. Na certa, daqui a pouco vai reaparecer com a cara mais sem-vergonha do mundo. Ah, essa juventude!

O outro detetive levantou-se, caminhou até Miguel e colocou a mão amigavelmente no ombro do garoto. Era mais moço que Andrade, e Miguel sentiu uma sensação de conforto, de amizade, no rosto simpático e bem barbeado do detetive.

— Como vai, Miguel? Eu sou o detetive Rubens. Já ouvi dizer que você é um ótimo presidente do Grêmio do colégio. Pode ficar tranqüilo. Vamos descobrir o que aconteceu com o Bronca.

A grossa porta da sala do diretor foi aberta naquele momento e por ela entrou Chumbinho, acompanhado por um guarda. Miguel ouviu novamente o barulhinho chato do molho de chaves.

— Com licença, detetive Andrade — pediu o guarda, apontando Chumbinho —, mas parece que este menino foi o último a encontrar-se com o desaparecido.

Andrade levantou-se do sofá com dificuldade. A sua expressão era de desinteresse, mas, no seu olhar, Miguel percebeu um brilho que desmentia a expressão.

— Você foi o último a ver o Bronca, não é, garoto? O coração de Miguel bateu apressadamente. Havia alguma coisa estranha, alguma coisa muito estranha no ar. E ele decidiu que a situação não era para confiar. Mas, e Chumbinho? Será que ele conhecia mesmo todos os sinais e códigos secretos dos Karas?

— Acho que fui eu, sim — ia dizendo o menino no momento em que Miguel cruzou os braços.

Sim. Chumbinho sabia o que significavam os braços cruzados. Era o sinal de silêncio dos Karas. Era a ordem para "trancar-se". Equivalia a um dedo encostado nos lábios, só que ninguém sequer desconfiava. Era preciso ser um Kara, e Chumbinho, agora, era um deles.

— E então, menino? — perguntou o detetive Andrade, irritado. — O que você viu? O que o tal Bronca disse? Havia algum desconhecido com ele? Havia alguma coisa estranha com ele? Ele disse alguma coisa? Vamos, fale, garoto!

Os olhos do Chumbinho piscaram inocentemente:

— Bem... sabe? Eu tinha dado uma escapadinha até o fliperama, né? É que eu sou muito bom em fliperama, sabe? Pois é, acho que eu sou o melhor do colégio. Junta gente em volta quando eu estou jogando...

— Tá bom, garoto. E o Bronca?

24

— Ah, o Bronca não é muito bom em flíper, não. Ele é meio esquentado, não tem paciência, sabe?

— E daí?

— E daí que ser bom em fliperama não é pra qualquer um. Eu, por exemplo...

Andrade perdeu a paciência:

— Vamos, garoto. Eu não tenho o dia todo. Vamos direto ao ponto.

— Que ponto?

— O Bronca, menino! Você encontrou ou não encontrou o Bronca?

— O Bronca? Ah, sim, o Bronca. É claro que eu encontrei.

— E o que foi que ele disse?

— Ele disse oi.

— Oi?

— Oi.

— E você?

— Eu o quê?

— O que é que você disse?

— Eu? Eu respondi oi, também.

O rosto de Andrade avermelhou-se. O detetive estava furioso e apertava o lenço com ambas as mãos, enquanto o suor gotejava-lhe pela careca. Sua voz saiu espremida, com raiva:

— Você está me gozando, moleque?

— Eu? Eu não, senhor...

Rubens sorriu para Chumbinho:

— Foi só isso? Ele não disse mais nada?

Chumbinho continuou com carinha inocente:

— Não. Foi só oi. Ele devia ter dito outra coisa?

Foi aí que o detetive Andrade explodiu:

— Ponha-se daqui pra fora, moleque! E você aí, descruze os braços. Isso não é modo de se portar diante de uma autoridade!

Quando a porta da diretoria se fechou atrás dos garotos, Miguel podia ouvir o irritante barulhinho do molho de chaves nas mãos do detetive.

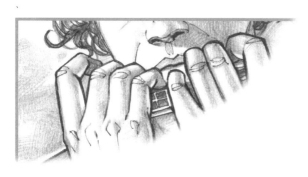

4. Crânio raciocina

Quando Miguel e Chumbinho fecharam o alçapão depois de pular para o esconderijo secreto, da gaitinha do Crânio vinha uma melodia lenta, que se espalhava por todo o forro do vestiário do Elite.

— Por que você fez o sinal de silêncio, Miguel?

O líder dos Karas sorriu quando olhou para o menino. No dedo indicador da mão esquerda do Chumbinho, aquele que havia levado uma espetadinha para a tal "cerimônia de iniciação", havia um enorme curativo. O dedo do garoto estava enrolado com gaze e esparadrapo como se tivesse sofrido um sério acidente...

— Está rindo de quê, Miguel? Eu perguntei por que você fez o sinal de silêncio.

— Ahn? Não sei, Chumbinho. Eu achei que havia alguma coisa estranha, alguma coisa que me deixou desconfiado. Achei melhor não falar nada agora. Além do mais, nós sabemos muito pouco.

— Mas tem aquele jeito estranho do Bronca. Ele nunca foi obediente assim.

— Pois é, Chumbinho. É só isso que temos. E não vamos contar nada para ninguém. Pelo menos por enquanto.

Magrí e Calu chegaram juntos, e a menina foi a primeira a apresentar seu relatório. Enquanto Magrí falava, o som da gaitinha do Crânio ficou suave como uma carícia.

— O Bronca tinha uma namorada, sim, mas a garota não sabe de nada. Não viu nada, nem ninguém estranho. Está tão "desconsolada" com o desaparecimento do Bronca que até já arranjou outro namorado pra ter com quem se "consolar"...

— E você, Calu?

— Nada estranho, Miguel. Ninguém se lembra de ter visto o Bronca falando com alguém desconhecido, nem sabem dizer se o Bronca estava diferente. Nada, nada mesmo.

— Eu descobri que o Bronca era um sujeito meio reservado — relatou Miguel. — Não deu para saber se ele freqüentava algum lugar especial fora do colégio. Acho que estamos empacados, Karas. Nem sei por onde começar.

— E eu, Miguel? — perguntou Chumbinho apontando para si mesmo com o dedo enfaixado.

Ai, ai, ai, Miguel tinha se esquecido do Chumbinho! Era preciso manter o menino interessado até que fosse possível despistá-lo. Se o moleque se sentisse à margem, poderia botar a boca no mundo e revelar todos os segredos dos Karas. O jeito era seguir com o jogo:

28

— E você, Chumbinho? Descobriu alguma coisa?

— Eu grudei no Bino o dia todo, como você mandou, e descobri que ele é legal. Gente fina, bom papo. Só que não é de nada no flíper...

— Não diga, Chumbinho!

— Descobri também que ele não era muito ligado no Bronca. Parece que papearam uma ou duas vezes, só isso.

Nessa altura, todos os olhares estavam fixos no Crânio. O rapazinho parou de tocar a famosa gaitinha, bateu-a na coxa para enxugar, e falou, correndo os olhos por todos os companheiros até encontrar os grandes olhos de Magrí. Enrubesceu um pouco e começou:

— Este não foi um seqüestro comum, Karas. Acho que não devemos esperar por algum bilhete ou telefonema misterioso exigindo resgate.

Crânio espalhou as cópias de notícias de jornal pelo chão:

— O Bronca é o vigésimo oitavo estudante a desaparecer em cerca de dois meses. Vejam: desapareceram três estudantes de nove colégios diferentes. É fácil concluir então que o Bronca é somente a primeira vítima do Elite.

— A primeira vítima?! O que é que você quer dizer com isso?

— Quero dizer que estamos agindo contra uma organização poderosíssima, na certa dirigida por uma cabeça privilegiada. Finalmente, um rival à minha altura!

— Mas os seqüestros...

— Não são seqüestros comuns. Há um método. Um método científico de amostragem. Estão sendo recolhidas três amostras de cada um de pelo menos dez diferentes colégios, todos do mesmo padrão. Pelo jeito, eles querem jovens da classe alta, bem alimentados, saudáveis, boas cabeças, atléticos...

— Então quer dizer que...

— Quer dizer que mais dois alunos do Elite devem ser seqüestrados ainda esta semana. Hoje mesmo, talvez!

* * *

Os Karas se entreolharam. A lógica do raciocínio do Crânio era indiscutível. O perigo estava presente. E a ameaça era grave.

— Eles vão pegar mais dois de nós! — espantou-se a menina. — Mas, para quê?

— Não sei ainda, Magrí. Cheguei a pensar em um seqüestro em massa para a obtenção de um vultoso resgate das maiores fortunas de São Paulo. Mas, nesse caso, por que exatamente três alunos de cada colégio? Por que sempre os mais saudáveis, atléticos e inteligentes? Por que não simplesmente os mais ricos? Está claro! *Ele* não vai pedir resgate...

— Ele? Ele quem?

— Não sei quem é *ele*. Mas eu sinto que estou diante de um grande cérebro, alguém muito especial. Perigosamente muito especial...

30

— Mas o que esse tal cérebro pretende com os estudantes seqüestrados?

— Acho que esse cérebro criminoso não está seqüestrando estudantes, Calu. *Está recolhendo cobaias!*

— Cobaias humanas?! — assustou-se Chumbinho.

— Exatamente. Cobaias sadias, bem nutridas, para algum tipo de experiência maluca. Maluca e macabra!

Chumbinho entendeu de repente toda a extensão do perigo que rondava o Elite:

— Então era por isso que o Bronca estava estranho daquele jeito! Tão obediente e tão careta. Vai ver eles hipnotizaram o Bronca pra facilitar o seqüestro!

— Nada disso, Chumbinho — interrompeu Crânio.

— Em hipnose eu sou especialista. Cientificamente, a hipnose é um método muito interessante, mas tem as suas falhas. Não é todo mundo que pode ser hipnotizado. E o nosso genial inimigo não admite falhas. O método dele é certeiro!

— Então... — raciocinou Magrí — se o Bronca estava diferente, de olho parado, alguma coisa fizeram com ele. Se não foi hipnose, então...

— Então?

— Então vai ver deram uma droga pra ele!

— Isso mesmo, Magrí — Miguel confirmou. — Uma droga. Só o efeito de uma droga poderia explicar o comportamento do Bronca...

Chumbinho entusiasmou-se:

— É isso! Eles agarraram o Bronca e obrigaram o coitado a tomar a tal droga!

— À força? — sorriu Crânio. — Se eles pegaram o Bronca à força e aplicaram-lhe uma droga, por que não carregaram logo com ele? Por que ele ficou livre para circular por aí e ainda bater um papinho com você?

Chumbinho calou-se, e a hipótese mais terrível surgiu clara na cabeça de Miguel:

— Então o Bronca tomou a droga por sua livre vontade? Nesse caso...

— Nesse caso a droga foi oferecida a ele tranqüilamente, por alguém que ele conhecia e em quem confiava — ajuntou Crânio. — E, se o Bronca estava no Elite sob o efeito da droga, o mais lógico é supor que ele tenha tomado a droga aqui dentro, não é?

— É... parece lógico.

— Então esse tal oferecedor de drogas que ele conhecia e em quem confiava... — começou Calu.

Crânio arrematou:

— É daqui, de dentro do Elite!

— Barbaridade! E ele vai agir de novo! Duas vezes! Talvez até já esteja agindo!

5. O PLANO DE MIGUEL

O silêncio ocupou todo o esconderijo dos Karas. Não havia medo no ar, pois aquele grupo não era de sentir medo. Mas os cinco corações batiam apressados, injetando ânimo nos cinco corpos, para enfrentar toda a ação que estava para vir.

As notas agudas da gaitinha do Crânio se fizeram ouvir, tornando ainda mais pesado o ambiente. Miguel estava pensando. Pensando estavam todos, e Chumbinho deu uma tossida que revelava o seu nervosismo.

— É o pó... Isto aqui está cheio de pó... — desculpou-se o menino.

Sentado nas pernas, que era o jeito de Miguel sentar-se, o líder dos Karas encostou o queixo no peito e fechou os olhos, em grande concentração. A seu lado, o coração de Magrí fazia subir e descer o último *E* do nome do colégio, impresso na camiseta da menina.

Quase encostado no geniozinho dos Karas, Calu sussurrou, com malícia:

— Você já notou os peitinhos que estão crescendo na Magrí?

Por um instante, a calma do Crânio pareceu perturbada:

— Numa hora como esta, você...

— Calma! – brincou Calu. — Eu esqueci que você só pensa cientificamente...

Crânio conseguiu controlar-se:

— Eu não penso só em máquinas, Calu. Eu penso em carne também...

— Não vá me dizer agora que você também é humano...

Mas a provocação de Calu não encontrou ouvidos. Crânio estava novamente tocando a gaitinha, e em seu cérebro só havia lugar para o mistério dos estranhos desaparecimentos.

O líder dos Karas levantou a cabeça e olhou para Chumbinho. Decidiu que estava na hora de acabar com a brincadeira do menino. O plano que tinha de ser posto em prática era arriscado, e ele não podia expor um garotinho como aquele a uma quadrilha tão impiedosa.

Miguel encerrou a reunião, dizendo que tinha prova de matemática naquele dia e precisava estudar na biblioteca.

— E a investigação?

— Não avançamos muito hoje, Chumbinho. Recomeçaremos amanhã. O Elite está cheio de policiais. Acho que não temos nada a temer por enquanto. O tal oferecedor deve esperar por uma oportunidade melhor.

Um a um, todos os Karas foram deixando o esconde-rijo. Os mais veteranos, Magrí, Calu e Crânio, sabiam muito bem que Miguel jamais adiaria uma ação. Entenderam que o amigo tinha um plano e sabiam que "estudar na biblioteca" era um código que indicava, a cada um, qual a próxima tarefa a cumprir.

Chumbinho não sabia disso, e foi pensando, revoltado: "Esperar?! Mas o próprio Crânio não disse que o tal oferecedor poderia estar agindo agora mesmo? De repente, vem o Miguel e diz que a polícia tem tudo sob controle e que não vai acontecer mais nada... E eu que achava os Karas um grupo tão sensacional! Bom, se Miguel pensa que eu vou ficar parado enquanto ele estuda para a tal provinha, está muito enganado!"

E, apressadamente, Chumbinho foi fazer o que achava que tinha de fazer.

* * *

Cada um por sua vez, todos os Karas veteranos passaram pela biblioteca, depois que Miguel saiu de lá.

Na página 112 do texto da peça *O auto da Compadecida*, de Ariano Suassuna, Calu encontrou sua tarefa em código. No *Minhas sessenta melhores partidas*, de Bobby Fischer, Crânio descobriu o que tinha de fazer. E no *Karatê vital*, de Matsutatsu Oiama, estava a parte da Magrí.

Não havia um minuto a perder. As ordens de Miguel eram claras. E os Karas puseram-se a campo.

* * *

Miguel sabia que aqueles desaparecimentos tinham algum detalhe em comum. Tinham de ter. Quando eles descobrissem qual era esse detalhe, certamente chegariam à solução do problema.

Examinando as notícias dos jornais, Miguel verificou que o método da quadrilha era seqüestrar todos os três estudantes de uma mesma escola antes de passar para a próxima. Isso queria dizer que o tal oferecedor infiltrava-se em uma escola, ganhava a confiança de três meninos ou meninas, oferecia a droga e depois abandonava aquela escola.

Aí estava um padrão: nove escolas haviam sido "visitadas" pelo tal oferecedor de drogas em pouco mais de dois meses. Isso queria dizer que o bandido ficava mais ou menos uma semana em cada colégio. Portanto, deveria ser um só. Se houvesse mais de um, certamente poderiam atacar mais de uma escola na mesma semana.

O oferecedor era um só, mas *quem* seria ele? Um dos professores? Miguel achava difícil encontrar um professor que trabalhasse nos dez colégios ao mesmo tempo. Mas, de qualquer forma, tinha mandado Crânio comparar as listas de professores de todas as escolas envolvidas.

Um dos funcionários não poderia ser, pois ninguém consegue mudar de emprego a cada semana. Além disso, o quadro de funcionários do Elite era o mesmo desde o começo do ano. Ninguém tinha sido admitido ou demitido desde então.

Seria um dos alunos? Bobagem! Como é que um estudante poderia freqüentar um colégio diferente a cada semana?

Havia os pipoqueiros, sorveteiros e vendedores de bugigangas que sempre cercam os colégios, disputando as mesadas dos estudantes. Mas foi fácil verificar que todos os vendedores ao redor do Elite eram sempre os mesmos há muito tempo, e nenhum outro havia aparecido para fazer concorrência.

Assim, por eliminação, a lógica dizia que o oferecedor de drogas não agia dentro das escolas. Mas ele *tinha* de agir. Senão, como explicar que todos os estudantes tivessem desaparecido em suas escolas, e não em suas casas, seus clubes ou outro lugar qualquer? Como explicar o Bronca, dentro do Elite, falando com o Chumbinho e assombrado como um cretino?

Claro! O oferecedor trabalhava *dentro* dos colégios. Era alguém *de dentro*. Só podia ser. E, se faltavam ainda dois alunos para completar a trinca que deveria desaparecer do Elite, o oferecedor ainda estava ali por perto. Mas quem seria ele?

Crânio tinha razão. O plano parecia perfeito, sem uma falha, produto de uma mente criminosa fora de série.

Era preciso procurar outras peças para montar aquele quebra-cabeça. Tinha de haver alguém ou alguma coisa comum ao Bronca e aos outros vinte e sete infelizes que tinham caído nas mãos do cérebro criminoso.

Por isso tinha mandado Magrí localizar as famílias de nove dos desaparecidos, separado mais nove para Calu investigar, ficando com os últimos nove para si.

Quem sabe se depois, juntando o que cada um ouvisse, fosse possível esclarecer aquele mistério?

* * *

Entardecia quando Miguel estacionou a bicicleta na porta de uma rica mansão no Jardim Europa, depois de já ter conversado com duas famílias de estudantes desaparecidos, e de não ter conseguido localizar uma terceira. Foi aí que um carro da polícia parou ao seu lado.

— Olá, Miguel — cumprimentou alguém de dentro do carro.

O líder dos Karas ouviu nitidamente o barulho irritante do molho de chaves.

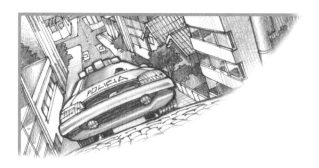

6. UM ENCONTRO INESPERADO

— O que está fazendo por aqui, garoto? — perguntou o detetive Andrade, saltando do carro e agarrando Miguel pelo braço. — O que você quer nesta casa?

— Eu? Nada... — respondeu Miguel, tentando livrar-se do aperto.

— Você não sabe que casa é esta? Vamos, responda!

O detetive Rubens colocou-se entre os dois. Afastou Andrade firmemente com uma das mãos e passou o outro braço em torno dos ombros de Miguel.

— Calma, Andrade. Deixe o garoto comigo.

— Não se meta, Rubens. Eu quero saber o que esse moleque está fazendo aqui. Esta é a casa daquele garoto que desapareceu lá do Dante. Eu quero saber...

Miguel tentou manter a cabeça no lugar. Percebeu que o jeito era bancar o garoto assustado:

— Eu... eu não sabia. O que é que tem essa casa? Eu ia falar com um amigo que...

— Ah, é? — gozou Andrade. — E você também estava visitando amiguinhos quando foi fazer perguntas na casa daquela menina que desapareceu do Equipe? E na casa daquele garoto que sumiu do Vera? Hein? Responda!

Por um instante Miguel não soube o que responder. Ele estava sendo seguido o tempo todo! Por quê? Será que Magrí, Calu e Crânio também estavam sendo seguidos? Era preciso pensar depressa. Se a polícia desconfiava dele, era por causa de alguma coisa que ele tinha dito ou feito no interrogatório lá na sala do professor Cardoso, o diretor do Elite. Então não haveria razão para desconfiar dos outros três, a menos que a polícia soubesse da existência dos Karas. Impossível! Ou não? Ou... teria Chumbinho aberto o bico?

Aos poucos, a voz calma do detetive Rubens trouxe de novo o líder dos Karas à realidade:

— Desculpe, Miguel, mas é verdade. Você andou visitando as casas de dois dos garotos desaparecidos. Nós sabemos. Por quê? O que você tem a ver com isso?

— Nada. É que...

Pela primeira vez Miguel estava atordoado. Sua presença de espírito, tão brilhante em situações inesperadas, não lhe trazia qualquer inspiração.

Andrade não estava para brincadeiras:

— Você não acha suspeitas essas suas visitinhas, garoto? Logo quando um colega seu também sumiu?

— O senhor está enganado. Eu vim...

— Garoto, acho melhor me acompanhar até a delegacia. Acho que temos umas coisinhas a esclarecer.

— Espera aí, Andrade — interrompeu Rubens. — O rapaz é menor. Você não pode...

— Posso. Eu não estou prendendo o garoto. Estou apenas querendo interrogar uma possível testemunha.

— Está bem, Andrade — concordou o detetive Rubens com um suspiro resignado. — Vamos, então.

Andrade abriu a porta da viatura e empurrou Miguel para dentro.

— Você fica, Rubens. A bicicleta do garoto não cabe no carro. Fique aqui com ela. Eu mando uma viatura maior para buscar você e a bicicleta.

O rosto do detetive Rubens alterou-se:

— Nada disso, Andrade. Eu vou também. Faço questão...

— Quem está comandando este caso sou eu. Você fica, Rubens!

Andrade bateu a porta e arrancou. O guincho dos pneus deixou para trás o detetive Rubens e a bicicleta de dez marchas de Miguel.

* * *

Andrade dirigia calmamente, sem usar a sirene, e parecia mais controlado.

41

— Fique tranqüilo, Miguel. Não precisa ter medo de nada. Desculpe o mau jeito, mas às vezes um policial precisa agir depressa. Eu queria falar a sós com você.

Sentado ao lado do detetive, Miguel pensou na única saída que lhe restava. Era arriscado, mas seu instinto o aconselhava a agir depressa.

Andrade nem pegou o microfone do carro para chamar pelo rádio uma viatura que viesse buscar o detetive Rubens e a bicicleta de Miguel. Nada disso. Dirigia devagar e falava com a maior calma do mundo:

— Tenho só uma perguntinha, Miguel. Por que você não deixou aquele menino falar, lá na sala do diretor?

— O Chumbinho? Eu não disse nada...

— Não, você não falou. Mas, de algum modo, você fez com que o garoto calasse a boca. Não sei como você fez, mas meus longos anos de polícia permitem que eu perceba pequenas coisas que não é todo detetive que percebe.

Miguel se sentiu cercado. Todos os seus passos e até os seus gestos de comando como líder dos Karas eram do conhecimento de Andrade!

O carro da polícia começou a subir uma ladeira e o detetive teve de diminuir ainda mais a marcha.

— Eu não mandei o Chumbinho calar a boca — afirmou Miguel já com a mão direita na maçaneta da porta. — Pode perguntar a ele.

— Gostaria muito de falar com o Chumbinho, Miguel. Só que agora não é mais possível...

— Não é possível? Por quê?

— Porque o Chumbinho também desapareceu!

O impacto daquela notícia terrível apressou a decisão de Miguel. O carro estava em marcha lenta quando ele abriu a porta e jogou-se no asfalto, rolando para longe da viatura policial.

7. CHUMBINHO VALENTE

— Vamos lá, Chumbinho! É uma boa. Experimente! Você vai ver que legal!

Chumbinho nem podia acreditar. Ele havia descoberto o oferecedor de drogas!

Estavam num canto do pátio, e o pátio estava cheio de estudantes. Incrível! Era possível oferecer a droga no meio da multidão, sem qualquer risco. Até parecia que, fazendo o contato daquela maneira, o oferecedor estaria mais seguro do que se atraísse a vítima para um cantinho deserto: duas pessoas cochichando num canto chamam muito mais a atenção do que misturadas no meio de todo mundo...

Agora era preciso pensar depressa. Não havia nenhum dos Karas à vista. Miguel provavelmente estava na biblioteca, estudando matemática. Crânio poderia estar jogando xadrez ou às voltas com os computadores do colégio. Calu estaria no anfiteatro, ensaiando, e Magrí certamente estaria no ginásio de esportes, treinando alguma das dezenas de modalidades esportivas em que era especialista.

Parado ali, em frente ao oferecedor, com aquele comprimido da droga na mão, Chumbinho fingia estar interessadíssimo na experiência, mas não sabia o que fazer. O menino tinha visto o Bronca sob o efeito da droga. Será que agora ele saberia imitar aquele comportamento idiota, sem que o oferecedor desconfiasse? Ah, se ele fosse um ator como Calu, a coisa seria bem mais fácil...

O que aconteceria depois? Ele seria seqüestrado como o Bronca e os outros. Chumbinho não tinha dúvidas. Por isso precisava encontrar uma forma de deixar um aviso para os Karas.

— Experimente, vamos!

— Tá certo — concordou Chumbinho. — Só que aqui vai dar na vista. É melhor lá no banheiro.

O menino correu para os banheiros do vestiário. Talvez tivesse tempo de deixar algum sinal lá no esconderijo secreto. Só que o oferecedor veio junto, na certa para se certificar de que o garoto ia fazer a coisa direitinho. E, naturalmente, para preparar o seqüestro.

Chumbinho entrou em um dos reservados e ia trancar-se quando o oferecedor entreabriu a porta:

— Como é, já engoliu?

— Já vai...

O espaço do reservado era muito pequeno, e o oferecedor não podia ficar ali dentro, junto com Chumbinho. O menino encostou novamente a porta e falou:

— Fique de olho pra ver se aparece alguém.

— Tá legal. Ande logo!

Chumbinho jogou a droga no cesto de papéis. Até aí tudo bem. Mas como deixar o sinal para os Karas? Ele precisava de alguma coisa para escrever e precisava também de um código que não desse na vista. O quê? Como?

— Anda logo, Chumbinho! — era a voz do oferecedor, fora da porta.

A idéia nojenta veio-lhe à cabeça, mas era a única e ele não podia perder mais um segundo. Felizmente a privada do reservado tinha sido usada por algum porcalhão que não puxara a descarga. Tentando sufocar o nojo, Chumbinho enfiou a mão dentro do vaso. Sem perda de tempo, com a ponta do dedo suja com aquela "tinta" e sentindo o estômago contorcer-se em enjôos, desenhou nos azulejos a mensagem para os Karas.

Quando o oferecedor, cansado de esperar, empurrou a porta do pequeno reservado, encontrou Chumbinho apoiado na parede:

— Desculpe, me deu uma tonteira…

— É normal, não se assuste.

Chumbinho cambaleou até uma pia e deixou a água correr farta pela mão direita. Ele nem podia ajudar com a outra mão por causa do exagerado curativo da espetadinha da "iniciação".

Às suas costas, a voz do oferecedor veio dura, agressiva:

— Feche a torneira. Olhe pra mim.

Chumbinho obedeceu. Olhou para o oferecedor com o melhor ar de idiota de que era capaz. Será que estava fazendo a coisa direito? O outro não iria desconfiar?

— Preste atenção, Chumbinho. Você quer me obedecer?

— Sim, quero.

— Muito bem. A droga já fez efeito. Agora você vai fazer tudo o que eu mandar. Você quer ser um bom menino?

— Quero.

Pela cabeça do Chumbinho passava a imagem do Bronca, que ele tinha de imitar. Pelo jeito do Bronca, a droga fazia recordar todas as ordens e proibições que o drogado já tinha recebido na vida, e o sujeito se transformava totalmente num imbecil. A saída, então, era representar o imbecil.

— Você é um bom menino, Chumbinho. Agora, eu quero que você aja com naturalidade.

— Sim.

— Saia do colégio andando normalmente. Vá até a praça em frente e suba dois quarteirões à esquerda. Pare na esquina e aguarde novas ordens. Não se desvie por razão alguma. Todo o resto é proibido.

— Sim.

— Agora vá, Chumbinho.

O menino tinha representado direitinho. O oferecedor não desconfiava de nada. Na certa, porém, o vigiaria de longe até que ele chegasse à tal esquina. Diabo! Se conseguisse uma folga, Chumbinho até que poderia dar uma corrida à biblioteca, à sala de jogos, ao ginásio ou ao anfiteatro do colégio para avisar um dos Karas. Mas ele não podia arriscar. Qualquer desvio do itinerário indicado pelo oferecedor ia dar na vista. Sua única esperança era que um dos Karas visse a sua imunda mensagem no banheiro. Ele seria o segundo estudante a desaparecer do Colégio Elite. Quem seria o terceiro? Mas... era óbvio! E Chumbinho sorriu por dentro ao descobrir quem seria o terceiro a sumir do mapa...

* * *

Chumbinho saiu do colégio e caminhou lentamente pela praça. Nenhum transeunte prestava atenção nele. Qual seria o próximo passo da quadrilha?

Uma van toda fechada parou à sua frente. Um homem enorme saltou e olhou firme, dentro dos olhos do garoto. Não parecia gente, parecia um animal de terno. Um animal feroz e enlouquecido.

Chumbinho fez uma cara de idiota bem caprichada. Ele queria ser o mais convincente possível.

O homem abriu a porta traseira da perua:

— Venha cá.

— Sim, senhor.

— Entre aí e fique quietinho.

A porta fechou-se atrás de Chumbinho e o menino sentiu a van arrancar. No escuro total, não podia saber para onde estava indo.

8. UM KARA NAS SOMBRAS DA NOITE

Depois de pular para fora do carro da polícia, Miguel correu sem forçar muito. Ele sabia que Andrade jamais poderia alcançá-lo a pé. Mesmo que fosse mais magro e mais jovem, Andrade nunca seria páreo para um atleta como Miguel.

Certamente o policial já deveria ter dado um alerta pelo rádio do carro, e outras viaturas da polícia logo chegariam para cercar a área, à sua procura. Por isso era necessário confundir ao máximo a própria pista.

Ele tinha fugido ladeira abaixo, no sentido contrário à direção do trânsito, para impedir que Andrade o perseguisse de carro. Entrou em um jardim, atravessou a lateral da casa até o quintal e pulou o muro de trás, passando para o terreno de outra casa, que também atravessou. Estava, agora, na rua paralela àquela onde tinha pulado para fora do carro. Era só correr ladeira acima enquanto a polícia procurava por ele ladeira abaixo.

No alto da ladeira, entrou no primeiro ônibus que parou. Era hora de saída do trabalho, e o ônibus estava lotado de pessoas cansadas, suadas, ansiosas por chegar em casa a tempo de assistir à novela das oito. Rapazinho rico, como todos do Colégio Elite, Miguel estava pouco acostumado a andar de ônibus, mas, misturado àquela multidão de trabalhadores, bem podia passar por um *office-boy* voltando para casa. O ônibus era a melhor maneira de esconder-se da polícia.

"Chumbinho!", pensava Miguel, espremido no meio daquela gente toda. "Será que o maldito Andrade disse a verdade? Será que Chumbinho está agora nas mãos da quadrilha? Eu não fui com a cara do Andrade, nem ele com a minha... Pra mim, ele faz parte do esquema todo. Na certa ele pertence à quadrilha do tal cérebro criminoso..."

O sacolejar do ônibus lembrou a Miguel todos os lances daquele dia, o terceiro desde que ele havia convocado aquela emergência máxima.

"Tem alguma coisa muito suspeita com o Andrade... Primeiro o modo desinteressado dele lá na sala do professor Cardoso... Depois o jeito dele tentando me levar para a delegacia... E o modo como ele se livrou do detetive Rubens, impedindo que ele entrasse na viatura? É claro que Andrade não ia me levar para a delegacia... Na certa ele... Talvez eu pudesse confiar no detetive Rubens, mas, depois que eu fugi, certamente sou um suspeito..."

Miguel sentia-se cansado e faminto quando desceu do ônibus e procurou um telefone público. O único que encontrou estava depredado por algum vândalo, como há tantos em São Paulo. Acabou entrando em uma lanchonete e pediu para telefonar.

Procurou na lista o telefone do Chumbinho, pelo sobrenome do garoto. O sobrenome era meio raro e só havia um na lista.

— Alô? O Chumbinho está?

Do outro lado da linha, a voz da mãe do Chumbinho estava desesperada:

— Meu filho! Meu filho foi seqüestrado!

Miguel sentiu o coração apertar-se. Então era verdade!

— Seu filho vai aparecer, senhora. São e salvo. Eu juro!

— Quem está falando?

Mas Miguel já tinha desligado. Em seguida, discou o número de Calu.

— Alô? — era a voz do melhor ator do Colégio Elite.

— Emergência máxima, Kara! Chumbinho desapareceu!

— Mas como...

— Acabei de ligar para a casa dele. Precisamos agir. Não confie em ninguém, principalmente no detetive gordo e careca, chamado Andrade.

— Tá bom. Onde você está?

— Não importa. Amanhã de manhã me encontre no esconderijo secreto. É o único lugar seguro para mim agora. Vou passar a noite lá. Telefone para a minha casa, Calu. Imite a minha voz e diga que eu vou dormir na sua casa esta noite. Invente que vamos estudar juntos para uma prova, ou qualquer coisa parecida. Não quero que minha família fique preocupada.

— Certo, Miguel.

— Você já verificou todos os endereços que eu indiquei?

— Já. Alguns não estavam certos. Neles não morava nenhum estudante seqüestrado. Consegui esses endereços com as próprias escolas, mas acho que me informaram errado.

— Eu não consegui visitar todos os meus. Tome nota dos que faltam e tente interrogar os pais desses garotos por telefone. Finja que é um policial... Ei, Calu, você tem certeza de que é capaz de imitar voz de adulto?

— É claro, Kara!

— Muito bem. Tente descobrir tudo o que puder. Quem sabe não localizamos alguma pessoa comum a todos os seqüestradores? Se descobrirmos, teremos encontrado o oferecedor.

— Certo. E quais os pais que faltam?

— Tome nota.

— Pode falar. Estou anotando.

Miguel ditou a relação para Calu e despediu-se:

— Reunião amanhã às oito. Todos os Karas!

— Amanhã às oito, Miguel.

Miguel desligou o telefone. Nada mais havia a fazer naquela noite. Dali em diante, ele teria de estabelecer o seu quartel-general no esconderijo secreto e prosseguir a investigação usando os outros Karas que ainda não eram conhecidos pela polícia.

Ainda na lanchonete, tomou um suco de laranja e comeu um sanduíche. Fez o próximo percurso utilizando três ônibus diferentes e, quando chegou ao Elite, o colégio estava às escuras.

Miguel pulou o muro do pátio silenciosamente, para não atrair a atenção dos vigias da noite. Era lua cheia, e o luar iluminava fracamente as quadras. O garoto esgueirou-se junto ao muro, como uma sombra.

Perto dos vestiários, dois vigias conversavam preguiçosamente.

Miguel pegou uma pedrinha e jogou-a violentamente contra a tabela de basquete que havia do outro lado do pátio.

— Você ouviu isso? — perguntou um dos vigias.

— Ouvi. Não é nada.

— O barulho veio de lá. Vamos verificar. Não temos nada pra fazer mesmo...

Enquanto os dois se afastavam, Miguel saltou, agarrando-se no beiral do telhado dos vestiários. As portas ficavam trancadas à noite e ele tinha de entrar no esconderijo secreto de outra maneira.

Caminhou sobre o telhado como um gato, afastou duas telhas e espremeu-se por entre as ripas e os sarrafos que

53

sustentavam o telhado. Do lado de dentro, recolocou as telhas no lugar.

Estava sozinho, no esconderijo secreto dos Karas, fracamente iluminado pelo luar que atravessava as poucas telhas de vidro.

Desceu pelo alçapão do quartinho das vassouras e, no escuro, procurou uma das privadas para urinar. Escolheu justamente aquela onde havia uma mensagem malcheirosa da qual ele gostaria muito de tomar conhecimento. Mas o vestiário estava escuro, pois não seria possível acender a luz sem chamar a atenção dos vigias. E a mensagem continuou ali, sem que Miguel a percebesse.

Abriu só um pouquinho uma torneira, para evitar o barulho, e lavou os arranhões que tinha sofrido ao saltar para longe do carro e de Andrade.

Subiu de novo para o esconderijo e ajeitou-se para dormir.

A lua veio espiar pelas telhas de vidro. Cansado, Miguel pensou ver o rosto sorridente do Chumbinho naquele disco de prata.

"Chumbinho... Tudo minha culpa! Se eu não tivesse aceitado a intromissão daquele garoto... Ele é tão pequeno... Eu aceitei, só por brincadeira. Agora o coitado está nas mãos da quadrilha! Pobre Chumbinho... Eu não devia... Mas eu vou salvá-lo... Eu vou..."

Adormeceu, iluminado pelo luar.

54

* * *

Calu telefonou primeiro para a casa de Miguel e saiu-se muito bem. Era tão bom ator que a própria mãe do amigo acreditou piamente que estava falando com o filho. Depois começou a ligar para as casas dos meninos desaparecidos que Miguel não pudera visitar. Em cada chamada, fazia uma voz diferente, perguntava tudo o que queria e prometia ligar de novo. Foi estranho: quatro dos telefones estavam errados. As famílias procuradas não moravam naqueles endereços.

Tinha terminado o último telefonema quando a polícia chegou.

* * *

Suado, com o rosto vermelho, o detetive saltou da viatura e correu para a casa.

— É a polícia. Abram! — ordenou o detetive esmurrando valentemente a porta.

Uma segunda viatura, de sirene ligada, estacionou atrás da primeira, cantando os pneus. Um policial mais jovem correu também para a casa. Os olhares dos detetives cruzaram-se, e, se olhar fosse metralhadora, os dois estariam mortos na hora.

Um criado de gordas bochechas e óculos de grossas lentes abriu a porta:

— Pois não? O que desejam?

— Esta é a casa de um rapaz chamado Calu? — perguntou o policial mais velho.

— E um outro garoto, chamado Miguel? Está aí também? — ajuntou o outro.

O criado parecia um pouco assustado com a ansiedade dos policiais:

— S... s... sim... Só que os dois saíram...

— Para onde foram?

— Não disseram. Mas devem voltar logo, eu acho...

— Vou esperar na viatura.

— Eu também vou.

O criado fechou a porta. Em vez de estar assustado, ele sorria.

9. Decifrando a mensagem

O instinto alerta de Miguel acordou-o com o primeiro ruído vindo do alçapão. O líder dos Karas rolou para a escuridão do forro e esperou.

Um sujeito estranho, de óculos e gordas bochechas apareceu sob as telhas de vidro, iluminado pelo luar:

— Miguel, sou eu — anunciou-se Calu, tirando aqueles óculos exagerados e os dois chumaços de algodão que lhe aumentavam o volume das bochechas. — A polícia esteve lá em casa. Tinha o tal detetive gordo que você falou e um outro, mais simpático. Procuravam por mim e por você. Tive de enganá-los, fingindo-me de criado da minha própria casa. Ah, ah! Os dois trouxas caíram direitinho! Logo que deu, escapei e vim pra cá.

Certamente a polícia tinha estado na casa de Miguel, falando com a mãe do rapazinho, depois do falso telefonema. Por isso tinham corrido tão depressa para a casa de Calu.

Agora eram dois Karas "queimados" junto à polícia. Miguel e Calu não podiam mais circular livremente.

* * *

De manhãzinha, quando Magrí chegou aos vestiários, uma faxineira gorda resmungava, muito zangada.

— O que foi, dona Rosa?

— Essa garotada grã-fina não tem o menor respeito pelo trabalho dos pobres, isso é o que é!

— Mas o que aconteceu?

— Imagine que porcaria: borraram as paredes do banheiro! Que nojeira! Tudo cheio de riscos e pingos de porcaria. Depois a pobre aqui é que tem de limpar!

A mulher pegou o seu balde e foi embora, resmungando sozinha.

* * *

Magrí ainda estava rindo quando fechou o alçapão do esconderijo secreto.

— Qual é a graça, Magrí?

— Fizeram uma porca duma sujeira nas paredes do banheiro! Dona Rosa estava louca de raiva! Disse que uma porção de pinguinhos e riscos feitos com…

Crânio deu um pulo:

— Pinguinhos e riscos? Você disse pinguinhos e riscos?

— Dona Rosa é que disse.

— E aposto que ela já limpou tudo, não é? — lamentou-se Crânio. — Por que alguém faria pingos e riscos nas paredes do banheiro? Pingos e riscos, ou traços e pontos. Podia ser um código. Morse, talvez.

Todos se calaram. Se não tinha sido nenhum deles, a única pessoa que poderia deixar algum código no banheiro do Elite só poderia ser...

— Chumbinho, é claro! Vai ver ele deixou uma mensagem para os Karas, antes de ser seqüestrado! — concluiu Miguel.

— Só temos um jeito de saber — decidiu Crânio. — Magrí, vê se encontra a dona Rosa. Traga-a para o vestiário. Quero falar com ela no quartinho das vassouras.

Calu riu com deboche:

— Ora, que besteira! Você acha que dona Rosa conhece o código Morse? Você acha que ela vai se lembrar? Ora, deixe de bobagem, Crânio!

Crânio admitia tudo, menos que gozassem da sua genialidade:

— Pode estar certo de que ela se lembra. Pelo menos no inconsciente dela a mensagem está fotografada.

— E como é que você vai "revelar" essa fotografia?

— Hipnose, meu caro! Ou você já esqueceu esta minha especialidade?

* * *

59

Dona Rosa conhecia muito bem o Crânio e simpatizava com o jeito educado do rapazinho. Por isso achou divertido o modo como ele falava:

— Esse seu trabalho deve dar uma canseira danada, não é, dona Rosa?

— É sim, meu filho. É uma trabalheira!

— E, de vez em quando, a senhora sente vontade de sentar e esquecer de tudo por uns minutos, não é?

— É...

— Então descanse, dona Rosa. Sente-se nesta cadeira. Suas pálpebras estão pesadas e a senhora está calma, tranqüila...

— Estou calma, tranqüila...

— Seus olhos estão se fechando, lentamente... muito lentamente... a senhora está com sono, muito sono... Agora a senhora já está adormecida. Está dormindo e está tranqüila...

O corpo gordo da faxineira estava largado na cadeira. Mole como um saco de batatas.

— A senhora só ouve a minha voz. Somente a minha voz. Vamos voltar no tempo para esta manhã. A senhora está entrando no vestiário...

— No vestiário... que porcaria! — murmurou dona Rosa em seu transe hipnótico.

— Isso. Vamos falar da porcaria. A senhora está vendo a porcaria?

— Estou vendo. Esses meninos não têm consideração com os pobres...

— Conte para mim, dona Rosa. Como são esses riscos e esses pingos?

— Em cima tem um risco, um pingo, outro risco...

— É Morse, mesmo. O que ela disse é um *K*! — conferiu Magrí.

— E depois, dona Rosa?

— Tem um risco, outro pingo, outro pingo, outro pingo...

— *B*! — traduziu Calu.

— Embaixo tem um risco, um pingo, um risco, um pingo...

— *C* de Chumbinho! — concluiu Miguel.

— Tem mais, dona Rosa?

— Mais nada... sujeira... porcaria... meninos porcos...

Crânio aproximou-se da faxineira:

— Dona Rosa, eu vou contar até três. Quando eu terminar de contar, a senhora acordará e terá esquecido tudo o que aconteceu agora. Um, dois, três! Acorde, dona Rosa!

Os olhos da gorda senhora abriram-se de repente e ela se levantou apressada:

— Nossa! Tenho muito trabalho ainda. Com licença, meninos, mas eu tenho de...

E foi-se embora, sem se lembrar de nadinha daquela estranha sessão de hipnose.

* * *

61

— *K-B-C:* Karas-Bino-Chumbinho — decifrou Miguel.

— É isso! Chumbinho tentou nos avisar que ele e Bino caíram na armadilha dos bandidos!

— Calu! – comandou Crânio. — Verifique se Bino veio à escola hoje!

* * *

Era isso mesmo. Por mais que procurassem, não foi possível encontrar o Bino.

Miguel sentiu-se duplamente culpado. Ao mandar Chumbinho "investigar" o pobre do Bino, ele tinha envolvido também o próprio Bino na história.

Pobre Bino! Pobre Chumbinho! E agora?

10. Meninos obedientes

A porta traseira da van foi aberta e a luz forte do meio-dia penetrou no interior do veículo, cegando Chumbinho por um instante. Quando sua vista acostumou-se à claridade, o menino viu-se no pátio interno de uma espécie de pavilhão bem grande, parecendo uma fábrica.

— Saia! — ordenou uma voz.

Era o mesmo grandalhão animalesco que o havia trazido até ali. Outros dois gorilas do mesmo estilo aproximaram-se. Um deles colocou um bracelete de esparadrapo no pulso esquerdo do menino. No bracelete estava escrito *D.O.20*.

Chumbinho estranhou aquelas iniciais *D.O.*, mas sorriu por dentro ao ler o número 20: sua hipótese se confirmava. Se haviam sido seqüestrados três estudantes de nove diferentes colégios, mais o Bronca e mais ele, Chumbinho, seu número deveria ser 29. Ah!... mas agora ele estava entendendo porque tinha recebido o bracelete com o número 20!... Eram só vinte os seqüestrados. Os outros nove que faltavam... *não faltavam!*

E os outros Karas? Teria algum deles encontrado a mensagem em código que ele deixara no banheiro? Teriam entendido o que Chumbinho tentara dizer com tanta pressa?

— Você agora é o Vinte — falou um dos grandalhões dirigindo-se a ele. — Sempre que chamarem pelo Vinte, você atende. Certo?

— Sim, senhor.

— Venha comigo.

Chumbinho seguiu o grandalhão docilmente, fazendo ainda sua carinha de estúpido. Até ali, a representação ia funcionando direito. Mas até quando funcionaria? E se aqueles brutamontes descobrissem a farsa que o menino estava representando? O que fariam com ele?

Entraram no pavilhão da tal fábrica e atravessaram um corredor comprido. Tudo estava muito limpo e arrumado. Parecia até um hospital.

Chegaram a uma sala ampla, cheia de arquivos. Chumbinho viu-se frente a uma secretária que nem olhou para o seu lado. O grandalhão entregou à mulher um papel e ela pôs-se a digitar furiosamente em seu computador. Nada perguntou a Chumbinho, mas, por via das dúvidas, o menino continuou imóvel e apalermado.

Em seguida, o menino foi empurrado para um vestiário onde havia prateleiras cheias de roupas. O brutamontes estendeu-lhe um macacão azul, sapatos, meias, cueca e mandou que ele se trocasse.

Chumbinho obedeceu à ordem. O macacão e os sapatos serviam direitinho!

"Que gente mais organizada!", pensou o menino. "Já sabiam até o número que eu calço e que eu visto!"

No peito e nas costas do macacão, estava bordado o número *20* depois das letras *D.O.*

"Outra vez o *D.O.* ... O que será isso?", cismou o garoto, muito mais curioso e excitado com o que estava conseguindo descobrir do que assustado, como deveria ficar qualquer garotinho da idade dele. Mas ele agora era um Kara, e um Kara não tinha o direito de ter medo.

* * *

Vestido e fichado, o número 20 foi levado até uma sala em cuja porta estava escrito: *D.O.- Testes.*

A sala era muito grande. Um salão, como o de uma academia de ginástica. Lá estavam outros dezenove jovens, todos numerados e com as letras *D.O.* às costas.

Estava também o Bronca, com o número 19 bordado no macacão.

"O Bronca! Encontrei o Bronca!", pensou Chumbinho, animado com os progressos na investigação, mas sem saber para que serviriam aquelas descobertas, com ele preso, numerado e fortemente vigiado, igualzinho aos outros.

O menino olhou fixamente para o colega do Elite, mas Bronca não deu o menor sinal de reconhecê-lo. Parecia um idiota, e não estava fingindo como Chumbinho. Bronca estava idiotizado mesmo, como idiotizados estavam todos os outros rapazes e moças de macacão azul numerado. Um garoto, com o número 6, estava caído no chão, no meio do salão de testes. Estava imóvel, com o rosto voltado para o chão.

Um homem de avental branco dirigiu-se a uma espécie de televisor que havia no fundo do salão. Apertou algumas teclas e o vídeo iluminou-se, mostrando a silhueta de alguém.

— Resultado do teste de eficiência 141/06, Doutor Q.I. — informou o homem de avental branco, falando para a silhueta.

— Pode relatar — ordenou uma voz metálica, vinda do vídeo, certamente deformada por alguma espécie de filtro de som.

Chumbinho arrepiou-se:

"A voz deformada, a figura em silhueta... Este deve ser o chefão da coisa toda. E é claro que não quer ser reconhecido!"

O homem do avental branco começou:

— Primeira conclusão: a Droga da Obediência...

"Droga da Obediência!", espantou-se Chumbinho. "Então é isso que significam as iniciais *D.O.*?"

— ... a Droga da Obediência aumenta o desempenho físico, sem limites, Doutor Q.I. Precisamos estabelecer, portanto, quais os níveis de esforço suportáveis pelas cobaias. A cobaia número 6 repetiu a ordem sem demonstrar cansaço nem desejo de parar.

— Até quando? — perguntou a voz metálica vinda do vídeo.

— Até o limite da ruptura física, Doutor Q.I. Perdemos a cobaia número 6.

— Muito bem. Procedam com a cobaia morta do jeito que planejamos.

— Será feito, Doutor Q.I.

— De que modo foi usada a droga?

— Em comprimidos, Doutor Q.I. Mas o efeito da Droga da Obediência é o mesmo, qualquer que seja a forma de usá-la. Já experimentamos em pó, em comprimidos, em líquido, injetada, cheirada, aspirada e até fumada, na forma de cigarros. E os resultados foram sempre bons.

— Ótimo. Quero a repetição do teste 141 com a cobaia número 11. A ordem deve ser suspensa antes de completar-se o período de tempo em que perdemos a número 6. Precisamos saber até onde chega a eficiência da Droga da Obediência sem a perda da cobaia. Quero novo relatório amanhã, bem cedo.

A tela apagou-se, fazendo desaparecer a sinistra silhueta, que falava da morte de um menino como se falasse de números e frações.

Horror! Chumbinho mal podia acreditar no que estava presenciando. Temeu até que sua expressão denunciasse o que lhe passava pelo pensamento. Aquela gente usava vidas humanas como cobaias e ninguém parecia preocupado com a morte estúpida de um garoto que, talvez há poucos dias, tinha sido um alegre estudante de algum colégio de São Paulo!

À sua volta, todas as outras cobaias humanas estavam impassíveis, como se nada estivesse acontecendo.

Chumbinho viu um garoto com o número 11 ser chamado para o centro da sala.

De repente, tudo aquilo misturou-se em sua mente, sentiu-se enjoar, entontecer... Chumbinho desmaiou.

* * *

— Só pode ter sido isso, Doutor Q.I. A cobaia número 20 não foi alimentada depois que foi trazida para cá. Por isso desmaiou. Já aplicamos soro alimentar e o eletrocardiograma da cobaia está normal. Deve acordar em poucos minutos.

Aquela voz entrou pelos ouvidos do Chumbinho como num sonho. O menino percebeu que estava deitado, e fez um esforço para não abrir os olhos até colocar suas idéias em ordem.

Diabo! Ele tinha desmaiado e quase punha tudo a perder. Por sorte, a voz que ouvira tinha encontrado uma desculpa perfeita para o desmaio. Por enquanto eles desconheciam que Chumbinho não estava sob o efeito da tal Droga da Obediência.

Já recomposto, o menino abriu os olhos. Estava em uma enfermaria, deitado e com uma agulha na veia do braço esquerdo. A agulha estava ligada a um canudinho que trazia o soro alimentar de um frasco dependurado em um cabide hospitalar ao seu lado.

O homem que falava, provavelmente um médico, olhava para a tela de um televisor igual ao que o menino vira na sala de testes. Da tela vinha a mesma voz metálica:

— Idiotas! Vocês sabem muito bem que eu não admito falhas. As cobaias devem ser alimentadas regularmente, conforme o planejado. Sob o efeito da Droga da Obediência, nenhuma cobaia manifesta desejo algum. Se não a alimentarem, a cobaia pode sofrer danos. Que isso não se repita!

— Desculpe, Doutor Q.I....

A silhueta apagou-se da tela antes que o médico pudesse completar as desculpas.

* * *

O médico devia ter concluído que tudo ia bem com a cobaia número 20 e Chumbinho foi normalmente reintegrado ao grupo. Logo formaram uma fila e o menino seguiu junto com as cobaias humanas para um imenso refeitório. Era a hora do jantar dos jovens capturados. Comeu quando recebeu a ordem para tanto e procurou fazer tudo do jeito que faziam os outros.

No final da refeição, Chumbinho olhava para a cadeira vazia onde provavelmente costumava sentar-se o pobre menino número 6, quando um funcionário colocou alguma coisa à sua frente. Era um vidrinho com um comprimido: só podia ser outra dose da Droga da Obediência. "Quer dizer que o efeito da droga é passageiro?", pensou Chumbinho. "Vai ver todas as cobaias têm de tomar um reforço da droga de tempos em tempos. Era quase meio-dia quando eu fingi tomar a primeira dose. Agora deve ser mais ou menos oito da noite. Então o efeito dura cerca de oito horas... Quer dizer que eu tenho oito horas para agir..."

Uma idéia começou a crescer na cabeça do Chumbinho, enquanto ele fingia tomar o comprimido da droga e o escondia dentro do macacão azul.

"Todos pensam que eu estou idiotizado como os outros. Por isso ninguém vai ficar me vigiando. Ótimo! Agora é só esperar que as luzes se apaguem. Tenho de saber mais. Preciso conhecer melhor este lugar maldito!"

Teve de esperar algumas horas, até que as atividades das cobaias fossem encerradas e todas levadas ao dormitório. Deitou-se como ordenavam, fingiu dormir e, quando todas as cobaias adormeceram, esgueirou-se silenciosamente para fora da cama.

11. Uma droga mais que perfeita

Sozinho no laboratório da grande indústria multinacional de produtos farmacêuticos *Pain Control*, o bioquímico Márius Caspérides ajeitou os óculos e conferiu mais uma vez suas anotações na planilha do computador. Tinha passado o dia inteiro submetendo os coelhos aos mais diferentes testes, e agora não tinha tempo para sentir sono.

Incrível, mas parecia que as suas piores suspeitas se confirmavam.

Os coelhos estavam imóveis na gaiola, na frente das mais gostosas cenouras e folhas de alface. Mas, mesmo depois de um dia inteiro sem alimento, os coelhos não se dirigiam à comida sem uma ordem, isto é, sem que o bioquímico enfiasse seus focinhos na comida, forçando-os a comer. Assim tinha sido com os porquinhos-da-índia, com os cães, com os gatos e com os macacos.

"Sim, sim, sim... a droga funciona bem. Aliás, funciona completamente bem, aliás funciona completamente...", pensava o bioquímico Caspérides, ajeitando os óculos a toda hora. "Sim, sim, sim... Isso é mau, muito mau... Preciso avisar o Doutor Q.I.... é urgente, muito urgente... sim, sim, sim, o Doutor Q.I. precisa saber disso!" Levantou-se apressadamente da bancada de trabalho, deixando aberta a portinhola da gaiola dos coelhos. Mas essa distração de Márius Caspérides não traria problemas. Sem que alguém o empurrasse para fora, nenhum coelho ousaria sair da gaiola.

Já na porta, o bioquímico Caspérides deu mais uma olhada no laboratório. De todas as gaiolas, lotadas com os mais diferentes animais, não saía nenhum som, não se percebia nenhum movimento, como se todos os bichos estivessem mortos. Mas eles estavam vivos, bem vivos, com os olhos parados, olhando para nada...

* * *

Quando parou em frente ao vídeo do intercomunicador mais próximo do laboratório, o bioquímico Márius Caspérides não reparou na pequena sombra de macacão azul que se ocultava a um canto.

* * *

O bioquímico sabia que não era difícil falar com o Doutor Q.I. Só era difícil *ver* o Doutor Q.I. Para falar com ele, bastava procurar qualquer dos intercomunicadores que se espalhavam por toda a indústria de medicamentos *Pain Control*. Se o Doutor Q.I. estivesse em sua sala, a chamada seria atendida na hora.

Ninguém sabia em que parte da grande indústria ficava a sala do Doutor Q.I. e tampouco havia alguém que soubesse qual era o verdadeiro nome do poderoso dirigente da *Pain Control*, que não mostrava o rosto nem no vídeo do intercomunicador. Mesmo a verdadeira voz dele era desconhecida. Tudo o que os funcionários da *Pain Control* conheciam do Doutor Q.I. era uma silhueta e uma voz modificada por um filtro de som.

O vídeo iluminou-se e a silhueta apareceu ao mesmo tempo em que se ouvia a tal voz metálica.

— Meu caro Márius Caspérides! Que prazer inesperado! A que devo a surpresa de sua chamada?

— Sim, sim, sim... — gaguejou Caspérides. — Boa noite, Doutor Q.I.... é sobre a droga. É que eu descobri...

— A droga! A maravilhosa Droga da Obediência! — interrompeu a voz do Doutor Q.I. — A fantástica droga que você descobriu, Márius Caspérides!

— Sim, sim, sim... mas é que eu continuei com os testes e...

— Algum problema, Caspérides? Seus testes demonstraram algum problema com a nossa maravilhosa Droga da Obediência?

— Sim, sim, sim... não, não, não! Sim e não...

Lá, na sala que ninguém sabia onde ficava, a imagem trêmula do bioquímico, no vídeo do aparelho, deve ter irritado o poderoso chefe da *Pain Control*. A voz agora era fria, era dura.

— Ou sim ou não, meu caro Caspérides. Ou você descobriu um problema com a droga, ou não descobriu.

— Sim, sim, sim, eu descobri. A droga funciona bem. Bem até demais. Muito demais, exageradamente demais. As cobaias se acalmaram e obedecem como esperávamos, mas...

— Mas o quê?

O nervosismo do bioquímico Márius Caspérides crescia cada vez mais ao falar para uma tela de vídeo que não mostrava o rosto do interlocutor. Era como falar para as paredes de uma sala vazia. Uma sala que tinha voz, que tinha o poder absoluto.

— Com a droga, as cobaias obedecem totalmente, Doutor Q.I. Mas parece que perdem a vontade própria, a capacidade de iniciativa. Sim, sim, sim! Ficam incapazes de fazer qualquer coisa voluntariamente. Ficam inertes, à espera de alguma ordem, como se fossem máquinas que só funcionam quando são ligadas e só param de funcionar quando alguém as desliga!

Depois de um breve silêncio, a voz do Doutor Q.I. pareceu aliviada:

— Ufa, ainda bem! Por um momento tive medo de que houvesse algum problema com a Droga da Obediência!

— Sim, sim, sim, Doutor Q.I., parece que o senhor não entendeu direito. Existe um problema, um problema muito grande. Como o senhor sabe, há anos eu venho pesquisando uma droga capaz de combater os casos de loucura mais rebeldes, mais furiosos...

— E com o financiamento, com o patrocínio da *Pain Control* para suas pesquisas, seu sucesso foi absoluto, Caspérides! — cortou a voz do Doutor Q.I. — Com a Droga da Obediência, haverá grandes progressos no tratamento dos loucos furiosos...

— Sim, sim, sim, desculpe, Doutor Q.I., mas parece que eu não estou sendo claro. O que eu quero dizer é que a droga tem um efeito devastador sobre a personalidade das cobaias. Parece que a vontade se anula! É claro que eu pretendo agora fazer alguns testes com outros animais maiores. No entanto...

— Outros animais maiores, Caspérides? Que tipo de animais?

— Estou pensando nos grandes orangotangos, em cavalos, touros e até feras, como ursos, leões...

— E seres humanos? — perguntou o Doutor Q.I.

O bioquímico Márius Caspérides assustou-se:

— Como? Seres humanos? Gente? Não, não, não, Doutor Q.I. É muito cedo para testar a Droga da Obediência em seres humanos. Ainda mais agora que eu...

— Pois você está atrasado, meu caro Caspérides. Já dei a ordem, e a Droga da Obediência está sendo aplicada em quem deve ser. Nada de ratos, camundongos ou papagaios. Gente, Caspérides, gente!

— Gente?! O senhor já mandou testar a droga nos loucos?

— Loucos? Loucos coisa nenhuma! Essa droga maravilhosa está sendo testada nos jovens mais saudáveis que pudemos encontrar!

Caspérides empalideceu:

— Gente? E gente sã? Mas esta é uma droga perigosa. Só poderia ser aplicada com ordem médica. E a ética proíbe ao médico aplicar medicamentos em um corpo são!

— Ética médica, Caspérides? — riu-se o Doutor Q.I.

— A única ética que me importa é a da *Pain Control*!

— Não, não, não! Isso é um absurdo! Eu não vou permitir...

— Permitir? Ora, Caspérides, quem é você para permitir ou proibir qualquer coisa aqui na *Pain Control*?

O bioquímico Márius Caspérides agarrou-se ao intercomunicador, gritando desesperado:

— Não, não, não! Por favor! Não pode fazer isso! Com gente, não! Não desligue! Não!!

Suavemente o vídeo do intercomunicador apagou-se.

* * *

O bioquímico tremia, a ponto de chorar. Mas, mesmo que não estivesse tão alterado, seu desligamento das coisas simples da vida não deixaria que ele percebesse o pequeno vulto de macacão azul e curativo no dedo que se espremia contra as paredes, escondendo-se nas sombras.

Chumbinho também estaria a ponto de chorar. Mas agora era um Kara e não tinha direito ao desespero. Ele precisava agir. Mas como?

Lembrou-se de Crânio: "Pensar, Chumbinho, pensar..."

Silenciosamente, começou a voltar para o dormitório das cobaias humanas.

12. ASSALTO AO BANCO?!

"Em gente! O Doutor Q.I. está aplicando a Droga da Obediência em jovens sadios! O que eu posso fazer?", pensava Caspérides, recalculando freneticamente no computador as características bioquímicas da droga que ele mesmo havia criado.

Mas as horas se passaram, sem que ele encontrasse respostas para as perguntas que o assombravam. A Droga da Obediência traria danos permanentes ao organismo? Provocaria lesões definitivas no código genético desses jovens? Seus danos poderiam tornar-se hereditários? O que ele poderia fazer para impedir que o Doutor Q.I. usasse sua invenção do modo que bem entendesse, sem respeito à Ética da Ciência?

A manhã chegou, iluminada, mas sem jogar nenhuma luz no espírito desesperado de Márius Caspérides.

Através das vidraças do laboratório de bioquímica dava para avistar todo o pátio interno da *Pain Control*. E foi por ali que Márius Caspérides viu caminhando rapidamente, em direção ao laboratório, os três horríveis encarregados da segurança da indústria. Caspérides nunca soube como se chamavam, mas, para si mesmo, costumava pensar neles como o Coisa, o Animal e o Fera, pois, pelo jeito, aqueles homens não eram de brincadeira.

E, pelo modo como se aproximavam, iluminados pelo dia que chegava, o Coisa, o Animal e o Fera *não estavam* para brincadeiras.

Cansado pela noite sem dormir, atordoado pela conversa com o Doutor Q.I., Márius Caspérides viu uma luz vermelha acender-se dentro de sua cabeça: perigo, perigo, perigo!

Sim, sim, sim. Ele havia gritado com o Doutor Q.I., ele havia se colocado *contra* o Doutor Q.I. Pelo tom de voz daquele chefe sem nome e sem rosto, havia perigo no ar. A humanidade estava em perigo com o uso da Droga da Obediência que ele, o bioquímico Márius Caspérides, havia criado. E ele, o bioquímico Márius Caspérides, estava agora em perigo por ter-se oposto ao uso da droga que ele mesmo criara.

Tentou raciocinar. Ele só conhecia os três capangas de vista. Nem sabia o nome deles. Na certa, os três também não o conheciam direito e poderiam muito bem confundi-lo com qualquer um dos técnicos que trabalhavam na *Pain Control.*

Foi o tempo de decidir-se, guardar os óculos no bolso, pegar uma vassoura esquecida a um canto, e os três brutamontes abriram a porta violentamente.

79

— Ei, você aí! — berrou o Animal. — Onde está o tal Mário Caspa-não-sei-de-quê?

— Hum, é comigo? — perguntou Caspérides, fazendo-se de desentendido e fingindo que varria o chão.

— É claro que é com você, seu idiota!

— Sim, sim, sim, desculpe... Acho que ele está lá, no fim do corredor, no laboratório de engenharia genética. Trabalhou a noite toda, coitado...

Os três correram para onde apontava o falso faxineiro e Márius Caspérides saiu de fininho pela porta por onde eles tinham entrado.

* * *

No pátio, iluminado pela luz da manhã, o bioquímico Caspérides teve certeza de que não ia ser fácil escapar do prédio da *Pain Control*. Certamente todas as portarias tinham sido alertadas pelo Doutor Q.I. e era bem possível que algum dos porteiros fosse menos burro que os três capangas.

Naquela hora, pela portaria de entrada, chegavam os operários do turno da manhã e, pela outra, ao lado, saía o pessoal do turno da noite.

Caspérides misturou-se aos que saíam, embora soubesse que seria facilmente detido na hora de identificar-se. Misturado no meio daqueles operários exaustos, o bioquímico passou, sem que ninguém percebesse, para o grupo dos que entravam.

Virou-se e começou a andar para trás.

Quem olhasse para aqueles grupos de operários veria todos virados de frente para a fábrica como se chegassem, e nem suspeitaria de que um deles estava andando para trás como um caranguejo. A idéia deu certo. Em pouco tempo, Caspérides estava na rua. Enfiou-se no primeiro ônibus que passava e deu uma última olhada para o prédio da *Pain Control.* Na calçada, o Coisa, o Animal e o Fera apontavam furiosos para o ônibus, aos gritos.

* * *

O ônibus chegava ao centro da cidade quando um automóvel negro bloqueou a rua. De dentro dele, três homens corpulentos saltaram ainda a tempo de ver o pobre bioquímico que escapava por uma das janelas do ônibus e corria, para misturar-se à multidão.

Para onde ir? Como fugir? Como escapar da poderosa organização comandada pelo sinistro Doutor Q.I.?

O Coisa, o Animal e o Fera viram-se cercados pela multidão de paulistanos que chegava para o trabalho naquela manhã. O tal Mário das Caspas não poderia escapar. Perseguiram o bioquímico pela rua da Quitanda, abrindo caminho com brutalidade.

Quando chegaram na 15 de Novembro, estava acontecendo uma confusão dos diabos. Correria pra todo lado, parecia até...

— Um assalto! — gritou alguém. — Estão assaltando o banco!

— O banco? Que banco?

— Aquele lá!

— São muitos?

— Não sei, mas parece que prenderam um deles. Veja!

De dentro do banco vinha uma balbúrdia danada. Os guardas de segurança do banco tentavam dominar o tal assaltante, que se debatia e gritava:

— Podem me prender! Ah, ah, ah, não há cadeia que me segure! Eu sou o perigoso Zé da Silva! Procurado no país inteiro! Sim, sim, sim! Sou Zé da Silva!

Alertados pelo alarme do banco, vários carros da polícia chegaram com as sirenes abertas.

No primeiro deles, o assaltante Zé da Silva foi levado aos pescoções.

No último, três grandalhões foram presos também, pois haviam sido encontrados com armas na mão, correndo em plena rua 15 de Novembro.

* * *

Naquela manhã, num matagal em Taboão da Serra, a molecada encontrou o cadáver de um menino, meio mergulhado num córrego imundo.

O cadáver estava picado de balas.

13. INFELIZ REAPARECIMENTO

Em frente à delegacia, a rua estava completamente atravancada pelos veículos da televisão, das rádios e dos jornais de São Paulo, além da multidão de curiosos que sempre aparece nessas horas.

— Acharam! Enfim encontraram!

— Quem?

— Um dos meninos desaparecidos. O Ricardinho Medeiros Tremembé!

— Encontraram? Que bom!

— Bom? Bom coisa nenhuma! O menino está morto!

A sala da delegacia, cercada por sofás de couro já bem gasto, parecia minúscula para tanta gente. Depois de muita insistência, os jornalistas tinham conseguido uma entrevista coletiva.

Envolvido e empurrado pelos repórteres, o detetive Andrade estava meio cego pelos refletores da televisão e pelos *flashes* das máquinas fotográficas. Os repórteres enfiavam-lhe microfones junto ao rosto, todos esperando alguma grande revelação:

— O Ricardinho estava com tiros pelo corpo inteiro, não é?

— Ouvimos dizer que os pulsos do menino estavam amarrados com arame, é verdade?

— Isso não está parecendo uma execução feita pelo Esquadrão da Morte, detetive Andrade?

— O senhor acha que há gente da própria polícia envolvida nesses crimes?

Andrade suava como nunca e se sentia sufocado por aquele abafamento:

— Não! Acho que isto não tem nenhuma ligação com o Esquadrão da Morte!

— Será que o menino pertencia a alguma quadrilha?

— A polícia acha que os outros desaparecidos vão ser assassinados também?

— Nada disso! Estamos trabalhando dia e noite e logo vamos encontrar todos eles...

Do fundo da sala veio a pergunta de um repórter recém-chegado:

— É verdade que desapareceram mais dois garotos do Colégio Elite?

Aquela era uma novidade, e uma novidade capaz de aumentar ainda mais a fervura daquela sala:

— Como?!

— Mais dois?

— Quem?

— O Miguel, o presidente do Grêmio do Elite. E mais um, que chamam de Calu!

— O que a polícia tem a informar sobre isso, detetive Andrade?

— Calma, calma! Estamos investigando. Vai ver os dois garotos só saíram para uma farrinha e logo...

— Para uma farrinha?! — interrogou alguém. — Mas nós ouvimos dizer que havia um desconhecido na casa do tal Calu. Alguém que se fazia passar por um criado.

— É isso mesmo! — confirmou outro. — Dizem que era um sujeito de óculos, de bochechas grandes...

Andrade não sabia o que responder. Não sabia mais o que fazer para acalmar aquele tumulto.

— Estamos investigando, estamos investigando...

* * *

Quando Andrade finalmente conseguiu livrar-se da imprensa, viu-se novamente envolvido por outra multidão. Eram os pais e os advogados dos estudantes desaparecidos. A morte de Ricardinho levara aquelas pessoas ao desespero. Cada um imaginava que o seu filho seria o próximo a aparecer baleado no meio de algum monte de lixo. Todos exigiam providências da polícia e Andrade escapou por pouco de ser agredido por uma das mães mais nervosas.

85

Quando conseguiu fechar uma porta atrás de si e deixar toda aquela confusão do outro lado, Andrade estava exausto como um jogador de futebol depois de uma final de campeonato.

À sua frente, porém, o detetive Rubens parecia pronto para ir a um casamento. Seu terno permanecia impecável e seu cabelo não tinha um fio fora do lugar.

— Como é, Andrade? Tudo bem com a entrevista à imprensa?

O palavrão que ia começar a ser dito por Andrade foi interrompido pela entrada do médico legista:

— Já terminei a autópsia, detetive Andrade.

Os dois detetives voltaram-se ansiosos para o médico:

— Qual a conclusão, doutor?

— A que horas ocorreu a morte?

O médico começou a falar:

— A vítima morreu ontem, entre 16 e 18 horas, mais ou menos...

— Quer dizer que balearam o garoto ontem à noite?

— Não, eu não disse isso — desmentiu o médico. — Ele morreu ontem à tarde, mas...

— Caramba! — exclamou Andrade. — Quer dizer que, baleado daquele jeito, o Ricardinho ainda demorou a morrer?

— Eu também não disse isso.

A paciência de Andrade já tinha acabado, e ele berrou com o médico do jeito que gostaria de ter gritado com os repórteres:

— E o que é que o senhor disse, exatamente, doutor? Já estou cansado desse jogo de adivinhações!

— Eu disse que o menino morreu à tarde, mas não morreu por causa dos tiros. Ele foi baleado *depois* de morto!

— Barbaridade! — Andrade deixou-se cair numa cadeira. Aquela era demais! — Os malditos estão brincando com a gente. Estão fazendo a gente perder tempo. Quiseram fazer crer que esta era uma execução do Esquadrão da Morte. E todo mundo sabe que o Esquadrão da Morte é coisa de policiais corruptos que matam gente por dinheiro. Esses bandidos querem jogar a opinião pública contra a polícia!

— E parece que já conseguiram, não é, Andrade?

Andrade não respondeu à provocação do detetive Rubens. A prioridade era outra:

— E qual foi a *causa mortis*, doutor?

O médico parecia confuso:

— O senhor não vai acreditar, Andrade. O garoto morreu em conseqüência de um esforço físico exagerado. O coração dele não agüentou!

— Como?!

— O Ricardinho morreu de exaustão, detetive Andrade!

O barulho das chaves sendo manipuladas traduzia o nervosismo de todos eles.

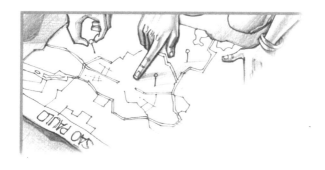

14. QUEM SERÁ O OFERECEDOR?

No esconderijo secreto dos Karas, com a gaitinha de Crânio fazendo fundo musical, Magrí acabava de relatar a Miguel e a Calu os acontecimentos envolvendo o aparecimento do cadáver do menino baleado:

— A televisão e o rádio não falam de outra coisa, Karas.

— Quer dizer que estão pensando que eu e Miguel também fomos seqüestrados? — perguntou Calu, que estava achando muito divertida aquela situação.

— Vai ver, o diabo do Andrade estava na minha casa, procurando por mim, quando você telefonou para lá e imitou a minha voz, Calu — concluiu Miguel. — Mas pode estar certo de que o Andrade *não acha* que eu também tenha sido seqüestrado. Ele sabe que eu estou em algum lugar, escondido. E sabe que eu represento um risco para o esquema todo!

— Belo risco! — gozou Calu. — Nós estamos aqui, parados, escondidos da polícia e dos bandidos, enquanto os estudantes vão aparecendo, um a um, mortos como cachorros loucos!

A gaitinha parou de tocar:

— Não!

Todos voltaram-se para o gênio da turma:

— Não o quê, Crânio?

— Os estudantes *não vão* aparecer baleados. Não necessariamente.

— Por que você diz isso?

— É muito simples, Karas. Vocês acham que esses bandidos se dariam ao trabalho de recolher um certo número de estudantes especiais, aplicar-lhes uma droga nova, para simplesmente enchê-los de chumbo?

— Sei lá... — respondeu Magrí. — Vai ver são uma espécie de sádicos...

— É claro que são sádicos, Magrí. Mas obedecem a algum tipo de inteligência macabra, que tem alguma finalidade terrível. Os estudantes estão sendo usados de uma forma científica. Louca, mas científica.

— E o Ricardinho?

— Só pode ter sido um acidente de trabalho. Se eu estiver certo, essa morte confirma a minha teoria de que os estudantes estão sendo usados como cobaias para...

Magrí saltou como um gato. Estava repentinamente revoltada, louca por uma ação mais efetiva. Com o rosto quase colado ao rosto do amigo, a menina explodiu:

— Chega de conversa mole, Crânio! Há três dias nós andamos por aí, fazendo perguntas feito trouxas, enquanto os bandidos seqüestram o Chumbinho, seqüestram o Bino e ainda nos oferecem o cadáver de um garotinho! E você, aí, falando em teorias como um besta!

A surpresa de Crânio foi imensa. O lábio do garoto tremeu, os olhos piscaram, ia chorar:

— Ma... Magrí... eu...

A primeira lágrima foi de Magrí. A meio palmo do rosto de Crânio. Os dois se calaram e agarraram-se num longo abraço, um abraço desesperado...

— Desculpe, Crânio... Eu não queria falar assim...

— Tá bem, Magrí. Não faz mal...

Miguel levantou-se e abraçou os dois. Calu veio em seguida e os quatro ficaram ali, abraçados, em silêncio, com os corpos colados, procurando unir suas energias, aumentar suas esperanças.

Unidos, os Karas eram invencíveis.

* * *

Reanalisaram e rediscutiram tudo o que já tinham descoberto até aquele momento. Era preciso encontrar algum ponto comum a todos os desaparecimentos.

— O oferecedor não pode ser nenhum dos professores — informou Crânio. — Verifiquei com todos os grêmios estudantis das nove escolas que tiveram estudantes seqüestrados. Comparei as listas de professores com a lista do pessoal do Elite. A maioria é de professores exclusivos de cada escola. Há três que dão aula em duas dessas escolas e apenas um que dá aula em três delas.

Chegou a vez de Calu:

— Eu tinha de investigar nove casas de meninos seqüestrados. Mas Miguel teve de fugir do Andrade e me passou mais seis deles. Falei com alguns pessoalmente e com outros por telefone. Só que foi tudo uma decepção. O pessoal só se lamenta e chora. Eles têm muito pouco a informar. Quatro deles eu não consegui encontrar.

— Eu também não encontrei quatro dos meus nove — informou Magrí. — Com os outros foi bem do jeitinho que você contou, Calu. Só choradeira. Esses pais de hoje em dia conhecem muito pouco os próprios filhos...

— Como foi com esses pais que vocês não encontraram? — perguntou Crânio. — Eles não estavam em casa?

— Não. Foi estranho... — explicou Magrí. — Os endereços não conferiam. Nunca havia morado naqueles endereços qualquer família de estudante desaparecido...

— Gozado! — comentou Calu. — Com os quatro que eu não encontrei foi a mesma coisa...

Os olhos do Crânio se arregalaram:

— Espere aí! Quer dizer que não foi possível localizar oito famílias de garotos raptados?

— Nove! — corrigiu Miguel. — Eu só tive tempo de visitar dois da minha lista. O endereço do terceiro também estava errado.

Crânio estava excitadíssimo:

— E quem eram esses nove? Vocês já verificaram? Todos garotos? Ou havia garotos e garotas? Todos de escolas diferentes? Ou mais de um de uma mesma escola? Deixa ver a lista!

Magrí começou a compreender:

— Acho que já percebi aonde você quer chegar, Crânio. Verifique a lista. Eu vou dar um telefonema!

Enquanto a menina sumia pelo alçapão, os três Karas examinaram a lista de desaparecidos. De cada colégio, uma família de um dos meninos desaparecidos não pudera ser localizada.

— Que estranho...

— Estranho? Estranho nada. Claro demais! — declarou Crânio. — Como eu não pensei nisso antes?

Nesse momento, Magrí reapareceu. Com o rosto vermelho e uma expressão de assombro no olhar, a menina anunciou:

— Acabei de telefonar pra casa do Bino. Usei o número que está na ficha do Elite. Pois bem: lá nunca morou um garoto chamado Bino!

Crânio deu um tapa na testa:

— É isso! Eu estava errado desde o início. A amostra que está sendo seqüestrada de cada colégio é de dois, e não de três estudantes. O terceiro é um falso aluno, que se matricula em uma escola por semana, fornece um endereço falso e provavelmente diz que vai trazer depois os documentos da escola anterior. Oferece a droga para dois colegas e depois desaparece!

— Quer dizer que...

— Que o oferecedor é o Bino!

* * *

Os Karas tinham descoberto o detalhe comum a todos os desaparecimentos. O mesmo falso estudante, o mesmo pequeno patife que, sob diferentes nomes, tinha penetrado em dez colégios de São Paulo e tinha feito desaparecer vinte meninos e meninas, sob o efeito de uma droga maldita que deixava todos eles feito idiotas, sem iniciativa nem inteligência.

A mensagem fedorenta do Chumbinho para os Karas não queria dizer que ele e Bino tinham caído nas mãos da quadrilha. Chumbinho tinha avisado aos Karas que Bino era o oferecedor!

Já era um começo. Os Karas tinham levantado uma ponta do véu estendido pela mente maligna que comandava aquela organização.

— Mas, Crânio — lembrou Magrí —, a polícia também deve ter descoberto que um dos desaparecidos de cada uma das escolas não tinha endereço e nem família que viesse reclamar por ele!

— É claro que sim — respondeu Crânio. — Mas só *eu* descobri que o oferecedor é o Bino. Para a polícia, esses seqüestrados sem casa nem família devem ser mais um dos detalhes nebulosos que estão deixando os investigadores de cabelo em pé!

— Menos o tal Andrade, não é? — brincou Calu. — O danado é careca!

Miguel fez com que a conversa retornasse ao ponto principal:

— Não há qualquer motivo para acreditar que os bandidos vão parar no vigésimo estudante, que é o Chumbinho. Se eles precisam de cobaias humanas, eles vão continuar procurando.

— Talvez, neste momento mesmo — previu Calu —, o demônio do Bino esteja, com outro nome, em algum outro colégio, preparando a sua nova vítima!

— O problema é saber qual vai ser o próximo colégio a ser atacado — lembrou Magrí.

Crânio pediu um mapa da cidade de São Paulo e uma lista dos principais colégios. Magrí foi buscar e, em cinco minutos, os quatro Karas examinavam o mapa, aberto sobre o forro do vestiário e sob a luz do meio-dia, que entrava pelas telhas de vidro.

— Vejam — mostrou Crânio. — Eles já atacaram colégios nos Jardins, no Morumbi, em Moema…

Espetou um alfinete de cabeça vermelha no local do mapa onde se localizava cada colégio que já havia sido "visitado" pelo oferecedor. Com alfinetes de cabeça branca, Crânio assinalou outras escolas que poderiam ser os próximos alvos.

— Aqui, aqui, aqui e aqui — apontou Crânio. — Um desses quatro colégios deve estar na mira do falso Bino. Se eu traçar uma circunferência assim, abrangendo toda esta parte, faltam somente estes quatro colégios importantes para a quadrilha atacar.

O raciocínio parecia lógico. Não havia tempo a perder, e o líder dos Karas não perdeu um minuto:

— Temos de agir depressa, Karas. Eu e Calu já estamos queimados. Todos pensam que nós também fomos seqüestrados. É um disfarce perfeito. Calu, você acha que pode maquiar nós quatro, de modo que nem as nossas mães possam nos reconhecer?

— É claro, Kara.

— Muito bem. Meu plano é este: Magrí e Crânio vão entrar para a lista dos desaparecidos também.

— O quê?!

— É isso mesmo. As famílias de vocês dois vão tomar o mesmo susto que a minha, que a do Calu, que a do Bronca, que a do Chumbinho e que a de todos os outros. Magrí e Crânio, vocês podem aceitar esse sacrifício?

— A causa é boa, Miguel — respondeu Magrí.

— Estou pronto — concordou Crânio.

— Ótimo. Nosso melhor disfarce será constarmos da lista dos seqüestrados. Maquiados pelo Calu, poderemos circular livremente, sem a obrigação de aparecer em casa para tranqüilizar nossas famílias. Vai ser duro, mas é o único jeito.

— Conte com a gente, Miguel.

— Então vamos usar a mesma tática que os bandidos, Karas.

— A mesma tática? Como assim?

— Nós vamos ser falsos estudantes infiltrados nos quatro colégios selecionados pelo Crânio. Exatamente como o falso Bino. Só que nós levamos uma enorme vantagem sobre ele. Nós sabemos que ele está em um desses colégios, mas ele não sabe que nós estamos atrás dele.

— Mas o falso Bino também pode estar disfarçado.

— Pois o nosso desafio será descobrir qual é o disfarce do falso Bino antes que ele descubra qual é o nosso.

— Vamos à luta. Ou nós ou ele!

— Magrí, você vai para o Rio Branco. Calu vai investigar o Porto Seguro. Crânio fica com o Pueri. Eu vou para o Logos.

Calu fez uma lista e entregou-a a Magrí.

— Arranje esses materiais de maquiagem pra mim. Tem tudo nos camarins do anfiteatro.

A menina pegou a lista e, antes de desaparecer pelo alçapão do forro, aproximou-se suavemente de Crânio.

— Desculpe, Crânio. Desculpe eu ter gritado com você. Eu estava nervosa. Nervosa e errada. As suas teorias foram maravilhosas. Como sempre.

A menina beijou Crânio na boca. Foi um beijo rápido, mas o suficiente para fazer o garoto sentir uma tonteira gostosa como... como ele nunca antes tinha sentido na vida...

15. Os três incompetentes

O vídeo do intercomunicador acendeu-se e a silhueta do Doutor Q.I. projetou-se sobre os três grandalhões que, naquele momento, mais pareciam três moleques apanhados no meio de uma travessura.

Um pouco atrás dos três, confortavelmente instalado em uma poltrona, alguém se divertia com a situação e brincava com um molho de chaves.

A voz metálica estava furiosa:

— Seus incompetentes! Cambada de paquidermes! Como é que três brutamontes como vocês não conseguem pegar um simples funcionário como Márius Caspérides?

O Coisa, sem saber o que fazer com as mãos, também não sabia direito o que fazer com a fala:

— Doutor Q.I.... sabe o que foi? É que... a gente deu azar!

— Azar deu a *Pain Control* quando contratou vocês três para a segurança!

— Foi azar mesmo, Doutor Q.I. — desculpou-se o Fera. — O tal Mário Caspinha conseguiu sair pelos portões, nem sei como. Mas nós vimos quando ele subiu num ônibus. Fomos atrás dele até o centro da cidade. Ele se meteu no meio da multidão e, quando a gente estava quase botando a mão nele...

— A gente estava quase... — tentou completar o Coisa.

— Cala a boca, seu cretino! — ordenou a voz.

— Como eu ia dizendo — continuou o Fera —, o azar foi que o tal Mário das Caspas correu justo para um lugar em que um Zé da Silva qualquer estava assaltando um banco e...

A voz metálica e enfurecida do Doutor Q.I. perdeu o pouco de paciência que ainda tinha:

— E vocês três arranjaram um jeito de ser presos como três trombadões principiantes!

— Foi uma coincidência, Doutor Q.I.! Como é que a gente ia adivinhar que a polícia ia aparecer por causa de uma porcaria de assalto a banco, logo quando a gente estava perseguindo o sujeito, com as armas nas mãos?

— A sorte de vocês é que a *Pain Control* tem gente infiltrada na polícia. De outro modo, vocês iam acabar fichados como cúmplices de assalto a banco!

O homem da poltrona parou de brincar com o molho de chaves e entrou na conversa:

— Desta vez deu para livrar estes três, Doutor Q.I. Não foi muito difícil porque o escrivão é meu amigo e eu fiz com que ele não registrasse o flagrante. Sumi com as armas dos três e assim foi possível livrá-los. Mas é preciso ter mais cuidado. O ambiente está pegando fogo. Se eu não tivesse agido a tempo...

— Eles estariam encrencados, não é, detetive? — interrompeu o Doutor Q.I. — E a *Pain Control*, em conseqüência, estaria encrencada junto, não é, meu caro detetive? E o senhor sabe o que teria de fazer nesse caso, detetive?

Depois de um breve silêncio, a voz do detetive soou naquela sala como se fosse a voz cavernosa de um carrasco:

— Eu teria de eliminar os três, lá mesmo, dentro do cárcere da delegacia...

Podia-se ouvir o som da saliva sendo engolida por três grossas gargantas.

— E o senhor faria isso, detetive? — perguntou o Doutor Q.I.

— É claro que eu faria.

O Doutor Q.I. deu o tempo suficiente para que a última frase fizesse o efeito que tinha de fazer dentro das mentes acanhadas dos três seguranças da *Pain Control*. Por um momento, só se ouvia o barulhinho irritante do molho de chaves.

A voz do Doutor Q.I. novamente se fez ouvir:

— Vocês pensam que o problema está resolvido simplesmente porque o nosso detetive conseguiu libertá-los? Nada disso! Enquanto Márius Caspérides estiver à solta, todo o esquema da *Pain Control* está em perigo. Ele é, agora, o nosso inimigo mais importante. Foi ele quem criou a Droga da Obediência. Ele sabe tudo o que é preciso saber para destruir a nossa organização!

Uma pausa assustadora percorreu a sala. Não se ouvia mais nem o ruído do molho de chaves.

— Vocês três são ignorantes demais para compreender a grandeza do nosso projeto. E o bioquímico Márius Caspérides foi idealista demais para perceber que o verdadeiro idealismo está do nosso lado. Não precisamos de uma droga como esta para acalmar loucos furiosos. Nós precisamos dela para controlar a humanidade!

Enquanto o vídeo começava a escurecer, ainda foi possível ouvir as últimas ordens do Doutor Q.I.:

— É o futuro que está em jogo. Quero a cabeça de Márius Caspérides já, ou as cabeças de vocês é que rolarão!

16. A OUTRA MENSAGEM DE CHUMBINHO

Silenciosamente como tinha saído, Chumbinho voltou para o dormitório. Já devia ser madrugada quando subiu para o seu beliche e ficou ali, encolhido, ouvindo o ressonar suave dos pobres meninos obedientes.

Todos tinham tomado a dose noturna da Droga da Obediência e estavam cumprindo direitinho a ordem de dormir.

Menos Chumbinho. O garoto estava só, no meio de tanta gente. Só ele tinha consciência do que estava acontecendo. Esgueirando-se pelas paredes, aproveitando cada sombra para esconder-se, o menino tinha percorrido todos os cantos daquela fábrica dos infernos. E ele tinha tido a sorte de presenciar a discussão do tal Márius Caspérides com aquela silhueta no vídeo, que mais parecia um personagem de filme de terror.

Agora ele *sabia*. Agora ele compreendia a extensão do perigo que aquela droga representava. E ele não podia sentir medo. Era um Kara. O único que poderia fazer alguma coisa.

Ele tinha pegado uma caneta e uma pequena folha de bloco em uma das salas por onde passara durante as investigações noturnas. Aproveitando as primeiras luzes da madrugada, Chumbinho começou a redigir uma mensagem para os Karas. Ainda não sabia como fazer chegar aquele bilhete às mãos de seus amigos, mas era urgente falar para eles daquela droga maldita. Era preciso também que eles soubessem que havia um aliado, e que esse aliado era o próprio inventor da Droga da Obediência, o bioquímico Márius Caspérides.

Cuidadosamente, Chumbinho recortou pequenas tiras do papel e tentou escrever em letras bem pequenas, procurando a forma mais curta de dar o seu recado. Mas e se o bilhete fosse interceptado pelos bandidos? Era preciso escrever em código. Mas que código? Ele conhecia alguns dos códigos dos Karas. Só que, se ele os tinha descoberto, não seria também fácil para os bandidos decifrá-los?

Chumbinho tomou uma decisão. Trabalhou febrilmente, com a menor letra que conseguiu e, por fim, a mensagem coube em uma pequena tira de papel.

Olhou para o enorme curativo que sua mãe tinha feito por causa da espetadinha da "iniciação na Ordem dos Karas". Era como um grande dedal de gaze enrolado com esparadrapo no indicador da mão esquerda. Retirou o curativo como se puxasse um dedo de luva e enfiou ali dentro o papelzinho enrolado. Encaixou novamente o curativo no lugar, e estava amassando as tirinhas de papel com os rascunhos do código quando a porta do dormitório se abriu.

O menino fingiu que dormia mas, através das pálpebras semicerradas, viu entrar um empregado de avental branco. O sujeito trazia uma bandeja cheia de comprimidos, que colocou sobre uma mesa.

— Hora de acordar, menininhos obedientes! Vamos, acordem!

Todos acordaram e puseram-se em pé imediatamente. Nada das normais espreguiçadas e esfregações de olhos. Nenhuma risada, nenhuma brincadeira, nenhuma palavra. Não mais eram jovens inteligentes e cheios de vida. Eram máquinas estúpidas.

— Venham cá — ordenou o empregado. — Cada um pegue um desses comprimidos e tome. Depois, todo mundo para o banheiro. Andem logo, que hoje temos muitos testes a fazer!

Chumbinho colocou-se na fila que caminhava em direção à bandeja de comprimidos para tomar o reforço da droga maldita.

"Não posso mais ficar sozinho", pensou o menino. "Preciso de mais alguém comigo. Quem sabe..."

A idéia lhe ocorreu quando já estava na frente da bandeja. Rapidamente, pegou dois comprimidos e deixou cair na bandeja a bolinha que tinha feito ao amassar o papel que sobrara. Fingiu que tomava a droga e escondeu os dois comprimidos no macacão. Com o canto do olho, viu quando Bronca chegou junto à bandeja, pegou e engoliu a bolinha de papel como se fosse um comprimido. Pronto! Chumbinho sorriu por dentro. Logo não estaria mais sozinho. O restinho do efeito da droga que Bronca havia tomado na noite anterior já devia estar passando, e então Chumbinho teria um companheiro lúcido. Quem sabe se, juntos, não seria mais fácil criar um plano para fugir dali?

O efeito da Droga da Obediência, pelo jeito, era tão seguro que os empregados nem precisavam se preocupar muito com a vigilância dos garotos. Depois de dar a ordem, o empregado de avental saiu do dormitório. Com certeza daria um tempinho para as cobaias idiotas irem ao banheiro. Enquanto isso, foi cuidar de outra coisa qualquer.

O banheiro era grande e não havia separação entre os meninos e as meninas. Drogados, eles eram cobaias sem sexo.

O plano de Chumbinho começou a dar certo: parado no meio do banheiro, Bronca parecia confuso. Olhava espantado para uma linda menina, sentada no vaso de porta aberta. Sacudiu a cabeça, como que para acordar de um sonho.

— Onde estou? O que está acontecendo? O que está havendo comigo?

Chumbinho agarrou o colega pelos ombros, cheio de esperança.

— Bronca! Que bom! Você está acordando! Olhe pra mim. Eu sou Chumbinho, seu colega do Elite, aquele do fliperama. Lembra-se de mim?

— Chumbinho? — Bronca ainda estava meio tonto.

— O que você está fazendo aqui? O que *eu* estou fazendo aqui? O que está havendo?

— Não temos muito tempo para explicações, Bronca. Você tomou uma droga que o Bino ofereceu lá no Elite, não se lembra?

— Bino? Elite? Sim...

— Aquela era a Droga da Obediência, Bronca. Uma droga terrível que transformou você num morto-vivo. Veja, todos os outros garotos estão drogados. Mas você não está mais. Eu troquei o comprimido que você devia tomar por uma bolinha de papel!

— Droga da Obediência? Que história é essa?

— Fique firme, Bronca. Temos de encontrar um jeito de cair fora daqui. Finja que está drogado. Faça tudo direitinho como os outros. Finja que está obedecendo às ordens. Essa gente é perigosa! Eles...

— Me larga! — berrou Bronca. — Que negócio é esse? Quero ir embora daqui!

Atrás do amigo assustado, Chumbinho viu, na porta do banheiro, dois empregados que olhavam surpresos aquela discussão. Bronca desvencilhou-se das mãos de Chumbinho e correu para a porta, na direção dos empregados.

— Sai da frente! Quero sair daqui! O que vocês estão pensando?

Os dois empregados tentaram agarrar Bronca, mas o garoto era forte e estava enfezadíssimo. Com dois safanões, abriu caminho entre os dois e correu pelo dormitório. Os empregados e Chumbinho correram atrás. Bronca abriu a porta do dormitório e enfiou-se por um longo corredor.

— Pega! Não deixa fugir!

Chumbinho viu quando Bronca empurrou um funcionário que tentava barrar-lhe o caminho. O sujeito caiu, mas, de joelhos, sacou um revólver e apontou para as costas do macacão azul, onde estava bordado *D.O. 19*.

Um clarão, e o corpo do Bronca foi arremessado para a frente, como se tivesse tropeçado.

Quando Chumbinho chegou junto ao colega, um orifício negro enfeitava a letra *D*.

O menino ajoelhou-se junto ao cadáver e sussurrou, tomando-lhe a mão esquerda nas suas:

— Bronca! Meu Deus! Desculpe!

À sua volta, um grupo de empregados discutia excitadamente:

— O que houve? Esses garotos não tomaram a droga?

— Sei lá! Eu mandei tomar!

— Aqui tem coisa!

— Agarra esse aí! Temos de falar com o Doutor Q.I.!

No momento em que a mão pesada do empregado agarrou o ombro do Chumbinho, o menino havia acabado de tirar o curativo e enfiá-lo no dedo do cadáver.

17. O CADÁVER MENSAGEIRO

Magrí havia vasculhado todos os cantos do Colégio Rio Branco sem encontrar nem sinal do Bino. Ela era boa fisionomista e tinha certeza de poder reconhecer o oferecedor, mesmo que ele estivesse disfarçado. Não, Bino não estava no Rio Branco.

Agora era ir ao encontro combinado com os Karas, às sete da noite, numa lanchonete do centro da cidade. Lá, eles tinham certeza de não encontrar nenhum conhecido: a classe alta não freqüenta a avenida São João.

Passava um pouco das seis quando Magrí chegou ao centro da cidade. Anoitecia, e a menina achou divertido vagar incógnita pelos calçadões da Barão de Itapetininga e da Conselheiro Crispiniano, misturada à multidão de funcionários que enchiam as ruas, cansados no fim de uma quarta-feira de trabalho.

Magrí sentia-se muito segura em seu disfarce. O cabelo estava diferente e Calu havia colocado uns arames em sua boca, para parecer aparelho de correção dentária.

Aquela ferragem mudava a conformação do seu rosto e modificava-lhe a voz. A menina vestia uma jaqueta com enchimentos que lhe alteravam totalmente o porte elegante. Palmilhas dentro dos tênis machucavam-lhe um pouco os pés, mas obrigavam-na a andar de modo diferente. Sobrancelhas unidas completavam o disfarce. "Como estou horrorosa!", divertia-se a menina, vendo a própria imagem refletida em uma vitrina.

Aos poucos, uma outra imagem, formada atrás do seu reflexo, chamou-lhe a atenção. Estava em frente a uma loja de eletrodomésticos, e um televisor ligado num noticiário acordou-a do devaneio.

— *Desaparecimento de estudantes: outro cadáver encontrado. Vejam no próximo segmento...*

O coração da menina disparou. Outro cadáver! Ai, como foi difícil agüentar os comerciais até ver novamente o locutor!

— *... cadáver de um rapaz, encontrado com um tiro nas costas, na estação do metrô de Vila...*

A menina mal podia acreditar no que estava vendo. Para variar, os repórteres tinham agido mais rápido do que a polícia e ali, na tela, estava o corpo do Bronca, lívido como um lençol!

Apesar do choque, a rapidez de raciocínio e a atenção treinada de Magrí não se deixaram abalar. Ela era um Kara antes de tudo. E aquele detalhe não lhe escapou: no dedo do cadáver havia um curativo. Um curativo grande, exagerado como o que havia no dedo do Chumbinho!

Coincidência? Talvez, mas uma pista suficiente para fazer a menina correr pela Dom José de Barros até a São João. Magrí sabia que conseguir um táxi àquela hora era uma façanha. Por isso abriu a porta de um que estava parado no sinal e ofereceu ao passageiro:

— Estas cinco notas para o senhor, se me ceder este táxi!

Surpreso, o passageiro concordou.

— Obrigada! — a menina entrou no táxi e estendeu outras notas para o motorista. — Mais cinco para o senhor, se me levar voando para a Teodoro Sampaio com a avenida Doutor Arnaldo!

Era uma boa vantagem não ser pobre naquela hora. Em poucos minutos Magrí estava desembarcando do táxi em frente ao Instituto Médico Legal.

* * *

Todos os funcionários e até os policiais ficaram com pena daquela garotinha desesperada. Afinal, que mal haveria em deixar entrar a infeliz namoradinha do garoto assassinado? Era melhor que ela se despedisse dele antes que o corpo da vítima fosse destruído pela autópsia.

A menina, de aparelho nos dentes, descabelou-se ao ver o cadáver do rapaz estirado numa pedra fria no necrotério.

— Bronca! Meu amor! O que fizeram com você, meu querido? Ai de mim! Assassinaram o meu amor!

A menina atirou-se sobre o cadáver, beijou-o exageradamente e agarrou-se em sua mão.

— Por quê? Por que fizeram uma coisa dessas? O que será de mim agora?

Delicadamente, um funcionário retirou dali a chorosa namoradinha da vítima.

* * *

Ainda abalado pela comovente cena que acabara de presenciar, o detetive gordo, exausto, suado, ficou olhando para o cadáver.

— Bandidos... assassinos! Que crueldade...

De repente, seu faro treinado de cão policial deu um alerta. Alguma coisa estava diferente!

— Ei, você! — chamou ele por um funcionário. — Rápido! Quero ver as fotos que tiraram do cadáver!

O funcionário atendeu prontamente e o detetive gorducho examinou as fotos, comparando-as com o cadáver à sua frente.

— Inferno! Está faltando o curativo do dedo! A menina! Cadê a menina? Prendam depressa a menina que acabou de sair daqui!

Mas era tarde demais. Por mais que procurassem, foi impossível encontrar a namoradinha do garoto assassinado.

18. O PERIGOSO ESPIÃOZINHO

Depois de enfiar o curativo com a mensagem no dedo do cadáver do Bronca, Chumbinho foi arrastado aos trancos por um corredor. Vários empregados falavam nervosamente ao seu redor, enquanto dois deles agarravam seus braços e os mantinham torcidos às costas.

Chumbinho não deixou escapar um só gemido. Era um Kara. Naquele momento, ele não pensava no que poderia acontecer consigo mesmo. Só tinha pensamentos para o colega assassinado e para a esperança de que sua mensagem fosse encontrada por um dos Karas.

No fim do corredor, o menino foi empurrado para dentro de uma sala. Jogaram-no numa cadeira, e os dois empregados que o haviam trazido ficaram ao lado, cada um segurando pesadamente Chumbinho por um ombro, como se ele fosse capaz de escapar voando pela janela.

Um dos homens dirigiu-se a uma tela de vídeo igual àquela em que o menino tinha visto Márius Caspérides discutir com o Doutor Q.I.

A silhueta sinistra apareceu no vídeo do intercomunicador e o empregado começou a relatar o que tinha acontecido.

— ... algo estranho com duas das cobaias, Doutor Q.I. Nesta manhã...

Chumbinho tentou raciocinar depressa e prever as conseqüências do seu ato. Ele tinha sido apanhado em flagrante e agora tudo podia acontecer.

— ... são justamente os dois do Colégio Elite, Doutor Q.I....

Os empregados tinham visto ele e Bronca conversando. Logo, estava claro que os dois não tinham tomado a dose matinal da droga.

— ... certamente os dois não estavam sob o efeito da Droga da Obediência, Doutor Q.I....

Então era lógico para os bandidos que ele tinha impedido o Bronca de tomar a droga e seria punido por isso.

— ... estavam discutindo no banheiro. Foi aí que a cobaia número 19 saiu correndo feito um louco...

Qual seria a punição? Chumbinho imaginava que a sua atitude de espião deveria representar um enorme perigo para a organização. E o que eles fazem com os espiões? O menino engoliu em seco ao lembrar-se das cenas de fuzilamento nos filmes de guerra.

— ... tivemos de atirar, não houve outro jeito. A cobaia número 19 está morta. Já mandei abandonar o cadáver, como planejamos. Quanto à cobaia número 20...

112

Agora era a sua vez. Ele tinha causado aquela confusão toda e... Não! Havia um jeito. Ele tinha de representar de novo. Quem sabe conseguiria salvar a pele?

Do vídeo, veio a voz filtrada, tenebrosa, do Doutor Q.I.:

— Incompetência! Incompetência! Tudo o que eu vejo é incompetência. Vocês não se certificaram de que todas as cobaias tomassem o reforço da droga?

— Na verdade não, Doutor Q.I. — desculpou-se o funcionário. — As cobaias têm se comportado direitinho nesses dois meses. Executam todas as ordens sem discussão, tomam os reforços da droga sem necessidade de vigilância. Deixamos a bandeja com a droga no dormitório, como fazemos todas as manhãs. Ordenamos às cobaias que tomassem a droga e...

— Mas por que as cobaias 19 e 20 não tomaram? Vocês podem explicar isso?

— Bem, Doutor Q.I., eu...

A figura da tela do intercomunicador berrou para Chumbinho:

— Garoto! Por que você não tomou o remédio?

Chumbinho começou com o seu teatro:

— Ahn? Onde estou? O que está acontecendo? Eu estava no colégio, falando com o Bino. Ele me deu uma coisa para experimentar... Disse que era ótimo... aí só me lembro de estar num banheiro, com o Bronca falando pra gente fugir... Onde estou? Quero ir pra casa!

Do vídeo, a voz veio mais baixa, quase paternal:

— Você já vai pra casa, menino. Vai só tomar um remedinho, e logo vai pra casa...

Chumbinho viu o empregado estender-lhe um comprimido e um copo d'água.

A Droga da Obediência! E agora? Todos estavam olhando para ele e não haveria jeito de fingir que tomava a droga. Ele era obrigado a tomar o comprimido, de verdade!

— Um remédio? — balbuciou o menino. — Depois eu vou pra casa?

— Vai sim, garoto. Agora tome o remédio.

Tentando disfarçar seu temor, Chumbinho pegou o comprimido. Colocou-o na boca e tomou um gole d'água. Seus olhos se fechavam quando ele ouviu a voz metálica falar com brutalidade:

— De agora em diante, quero vigilância total sobre as cobaias. Não admito mais enganos! Levem esse moleque para junto dos outros!

Chumbinho deixou-se levar, molemente, como um boi que vai para o matadouro.

* * *

O Doutor Q.I. estava furioso quando desligou o intercomunicador. Mas sua zanga foi distraída pela manchete do jornal que estava à sua frente:

Mais dois estudantes do Elite
desaparecem misteriosamente.

O comandante da *Pain Control* franziu as sobrancelhas e leu avidamente a matéria. Ali estava a lista completa dos seis desaparecimentos do Elite: Bronca, Chumbinho, Miguel, Calu e agora Magrí e Crânio.

Ele sacudiu a cabeça, tentando entender. Em seguida, apertou um botão do intercomunicador e deu uma ordem.

— Localizem nosso agente escolar. Quero falar com ele pelo intercomunicador.

* * *

O falso estudante estava na frente do vídeo. Mas estava totalmente modificado. Até a cor do seu cabelo era diferente. Só pelo olhar é que dava para ver que era mesmo o safadinho do Bino.

— Você tem agido bem até agora — cumprimentou a voz autoritária do Doutor Q.I. — Mas eu tenho razões para acreditar que houve quebra na nossa segurança.

— Quebra na segurança? — espantou-se Bino. — Eu posso garantir que...

— Não me interessam as suas garantias. Ouça com atenção e não discuta. Eu tenho uma missão muito importante para você. Trata-se de quatro garotos...

O oferecedor da Droga da Obediência ouviu as ordens. O que ele devia fazer tinha de ser feito naquele mesmo dia.

115

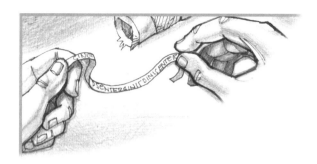

19. Códigos combinados

Na lanchonete da avenida São João, dois rapazes sentados em uma mesinha de canto olhavam ansiosamente para o relógio da parede quando uma garota entrou e sentou-se ao seu lado.

— Miguel ainda não chegou? — perguntou a garota em voz baixa.

— Ainda não — respondeu Crânio, que tinha o nariz deformado pela massa plástica de maquiagem. — Nós estávamos preocupados com você. São quase nove horas!

— Você encontrou o Bino? — perguntou Calu.

— Não, mas tenho uma pista.

Em poucas palavras Magrí relatou a morte do Bronca e a história do curativo no dedo. Por fim, estendeu o dedal de esparadrapo e gaze para Calu:

— Veja você, Crânio — disse Calu, que não conseguia acostumar-se com os enormes óculos que usava como disfarce.

Crânio abriu cuidadosamente o curativo, que já estava imundo depois de rolar mais de um dia em várias mãos. Dentro dele descobriu um papelzinho enrolado.

— Só pode ser a letra do Chumbinho — observou Magrí. — Mas não dá pra entender nada.

Os três leram ansiosamente, enquanto Crânio transcrevia a mensagem em letras maiores num guardanapo de papel da lanchonete. O texto era a coisa mais confusa do mundo:

Dsenterginis dinis Enterbomberdaisômberlcaisinis: Tombersaisgenter! Inis chinisvomber ómber Minissaisufterr Cinisrtómbersaisdomberr.

— Parece o nosso *Código Vermelho* — observou Magrí.
— Mas não faz sentido...
Crânio sorriu:

— Esse Chumbinho é mesmo uma figura! Você tem razão, Magrí. Aqui tem o *Código Vermelho*. Só que, por segurança, o danado do Chumbinho usou dois códigos combinados! Vamos traduzir primeiro o *Código Vermelho*.

Em outro guardanapo, Crânio escreveu o *Código Vermelho* dos Karas:

A = *ais*
E = *enter*
I = *inis*
O = *omber*
U = *ufter*

117

Agora, era só substituir aqueles sons estranhos pelas vogais correspondentes:

— Hum... deixa ver. *Dsenterginis...* dá *dsegi...*

Feita a tradução, a mensagem ficou assim:

Dsegi di Ebodaôlcai: Tosage!
I chivo ó Mísaur Cirtósador.

— Bem bolado! — aplaudiu Calu. — Aposto que agora basta aplicar o Código *Tenis-Polar!*

Era isso mesmo. Para decifrar o código, bastava escrever a palavra *tenis* sobre a palavra *polar*, de modo que o *t* correspondesse ao *p* e assim por diante. Depois, era só substituir uma letra pela outra. Crânio escreveu em outro guardanapo:

— *Dsegi. D* não tem código, fica *D* mesmo; *S* é igual a *R*; *E* é igual a *O*; *G* também não tem código, fica *G* mesmo; e *I* é *A*. Pronto! Temos a primeira palavra!

No guardanapo, estava escrita a palavra *Droga.*

— Droga? Estamos na pista certa. Vamos ver o resto.

Em pouco tempo, a mensagem de Chumbinho estava traduzida:

Droga da Obediência: Perigo!
A chave é Márius Caspérides.

— Boa, Chumbinho! — Se o menino estivesse ali, na certa ganharia um beijo da Magrí.

118

Calu começou a compreender:

— Quer dizer que aquela droga que deixa as pessoas com cara de idiota é a Droga da Obediência?

— É... — concordou Crânio. — E, pelo nome, dá até para ter uma idéia do que representa essa porcaria. Droga da Obediência! Por isso o Bronca estava tão bonzinho, não é? Tão obediente, tão bom menino...

— Só que agora o Bronca está morto! — lembrou Magrí, com um nó na garganta.

— Droga da Obediência... obediência... morte! — raciocinou Crânio em voz alta. — Uma droga que reduz as pessoas à obediência absoluta!

— Aposto que muitos pais e professores bem que gostariam de contar com um pouco dessa droga, né?

— Não caçoe, Calu! A coisa é muito séria. Estamos lidando com gente que seqüestra estudantes, que os usa como cobaias! — ralhou Crânio.

— Que os mata! — acrescentou Magrí.

— E quem será essa "chave"? Quem será Márius Caspérides?

— Já ouvi esse nome — informou Crânio. — É um cientista, um bioquímico, se não estou enganado. Acho que li alguma coisa a respeito dele. Na última reunião da Sociedade Brasileira para o Progresso da Ciência ele apresentou uns estudos sobre engenharia genética aplicada ao tratamento de doenças psiquiátricas graves, ou qualquer coisa do gênero.

119

— Um bioquímico? — perguntou Magrí. — Então vai ver ele sabe alguma coisa sobre essa Droga da Obediência.

— Vamos procurá-lo, então! — decidiu Calu.

— Mas, como encontrá-lo?

Crânio saiu-se com um sorriso misterioso:

— Eu tenho um método científico e infalível para resolver um problema como este!

— É mesmo? E qual é o método?

— Procurar na lista telefônica! — brincou o gênio dos Karas.

* * *

Foi fácil encontrar o endereço do bioquímico Márius Caspérides na lista telefônica da lanchonete. Ficou decidido que Magrí e Crânio iriam procurá-lo.

— E Miguel?

— Talvez tenha ido para o esconderijo secreto — supôs Calu. — Eu vou para lá. Descubram o tal bioquímico e me encontrem no esconderijo.

* * *

Calu foi sozinho num táxi. No outro, ia um garoto muito inteligente e muito feliz: Magrí deixara-se abraçar e foi a viagem toda com a cabecinha repousando no ombro de Crânio...

20. Em busca de fortes emoções

Miguel sentia-se muito desconfortável com a cabeleira encaracolada que Calu tinha arranjado para ele. Com o bigode ralo de adolescente, então, ele se sentia ridículo. Mas tinha de concordar que o trabalho de maquiagem de Calu era de primeira.

Para falar a verdade, até que Miguel gostaria mesmo de já ter bigode. Mas, por mais que ele raspasse, até agora os primeiros fios de barba ainda não tinham aparecido.

Misturado na multidão de estudantes do Logos, naquela hora Miguel não pensava no desconforto da cabeleira nem no ridículo do bigodinho precoce. O líder dos Karas procurava avidamente o oferecedor. Mas o tempo passava e Miguel não conseguia encontrar o Bino.

"É claro que ele deve estar disfarçado", pensava o rapazinho. "E deve ser um mestre do disfarce para se matricular em dez colégios, sempre com uma cara diferente. Será que eu vou conseguir reconhecê-lo? Tenho de conseguir!"

A cabeleira encaracolada fazia Miguel suar. Quando o sinal tocou e todos começaram a correr para as classes, ele deu um jeito de entrar no banheiro. Tirou a cabeleira e colocou a cabeça debaixo da torneira.

Nesse momento, ouviu uma voz atrás de si:

— Oi...

Com a água escorrendo pelo rosto, Miguel viu um garoto estranho, diferente, que olhava fixamente para ele.

— Hum? Oi... — respondeu Miguel.

— Você é novo por aqui? — perguntou o estranho.

Foi aí que Miguel percebeu o erro que tinha cometido. Aquele era o Bino, espetacularmente disfarçado! E ele, Miguel, estava ali, desprevenido, apanhado como um patinho! Disfarçadamente livrou-se da cabeleira, deixando-a cair no cesto de papéis ao lado da pia.

— Novo? Eu... comecei neste ano. E você?

— Acabei de me matricular.

Bino! Era ele mesmo! Teria reconhecido Miguel? Talvez não, quem sabe? Talvez ele nem se lembrasse de Miguel, já que tinha estado tão pouco tempo no Elite...

— Você está com algum problema, amigão?

O desgraçado estava entrando direto no assunto. Sem medo. Sem rodeios. E agora?

Miguel achou melhor arriscar tudo e entrar logo com o seu jogo:

— Sei lá. Estou numa fossa... Sem pique, sei lá...

122

Bino chegou-se amigavelmente, sorrindo, e passou o braço pelos ombros de Miguel:

— Eu tenho uma coisa legal, aqui. Você quer emoções?

— Estou a fim. Coisa forte?

— Da pesada. Entra nessa?

Bino parecia estar com pressa. Não disfarçava nada, como se tivesse certeza de que Miguel aceitaria. Com firmeza, foi levando Miguel para fora.

— Então venha cá. Você vai gostar.

Alguma coisa estava errada. A intuição de Miguel o alertava, mas ele tinha de seguir em frente. Tudo estava fácil demais, mecânico demais, sem qualquer simulação.

Saíram do colégio, e Bino, sempre com o braço em torno dos ombros de Miguel, levou-o para a direita, descendo a avenida Rebouças.

Aonde estava sendo levado? Miguel não sabia, mas estava certo de que o método usado para raptar Bronca e Chumbinho não tinha sido aquele. Eles estavam quebrando a rotina. Será que...

Uma van toda fechada parou ao lado dos dois. A porta foi aberta e alguém ordenou:

— Entre!

No instante em que ele descobriu que estava caindo numa armadilha, não havia tempo para mais nada. Bino empurrou-o por trás. Pela frente, um braço musculoso agarrou-lhe o pescoço, e uma pesada mão tapou-lhe a boca e o nariz com um pano.

123

Lutando para libertar-se, Miguel sentiu o cheiro forte do clorofórmio.

* * *

A cabeça rodava e o estômago estava enjoado quando Miguel acordou. Viu-se em um quarto nu, como uma cela. Não havia janelas. A ventilação vinha de uma abertura no teto e uma lâmpada iluminava frouxamente o quarto.

Passou a mão pelo rosto e viu que não tinha mais o bigodinho falso.

A cama onde estava estirado era dura, mas a limpeza do ambiente fazia aquilo parecer mais um hospital do que uma prisão.

"Deve ser um quarto de luxo. Até televisão tem aqui!", pensou o rapaz, sentando-se na cama.

A tal "televisão" acendeu-se sozinha e uma silhueta apareceu no vídeo:

— Boa tarde, Miguel. Eu estava esperando por você.

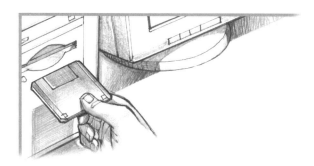

21. Um casal de namorados curiosos

A pequena casa geminada, na Vila Mariana, estava às escuras. Mas o instinto alerta do casal de Karas indicou que havia alguma coisa errada.

Magrí e Crânio passaram em frente à casa, abraçados, fingindo-se de namorados (essa, é claro, foi uma idéia do Crânio).

Não se notava nenhum movimento na casa, mas, lá de dentro, ouviam-se sussurros que poderiam ser percebidos até por quem não estivesse prestando atenção:

— *Bzzz... bzzz... bzzz...*

— Hein?

— *Bzzz... bzzz... bzzz...*

— Hein? Não estou entendendo nada!

— O camarada está demorando!

— Fala baixo, seu cretino!

— *Bzzz... bzzz... bzzz...*

— Hein?

O casal de namorados continuou andando. Na esquina, um grande carro preto estava estacionado. Dentro, dava para perceber um vulto de sentinela.

Crânio e Magrí aproximaram-se um pouco mais do carro e Crânio aproveitou para "representar" um namorado mais entusiasmado. (O que estragava eram aqueles arames que Calu tinha botado na boca de Magrí...). Dentro do carro, a enorme sentinela dormia um sono de roncar. Pronto. Os Karas estavam à vontade para investigar a casa.

Com a agilidade de campeã de ginástica olímpica do Colégio Elite e esperança de medalha de ouro para o Brasil nas próximas Olimpíadas, Magrí escalou a parede da casa e deslizou sobre o telhado. Como se estivesse num exercício de argolas, pendurou-se no beiral do telhado pelas pernas, jogando a cabeça para baixo. Assim, dependurada como um morcego, Magrí viu, através da veneziana, dois vultos imensos. Viu e pôde entender melhor os sussurros.

— Eu acho que o tal Mário não vai aparecer — dizia o Animal.

— Como não vai aparecer?! — argumentava o Coisa.

— Ele mora aqui!

— Eu sei que ele mora aqui, mas está fugindo.

— É claro que está fugindo. Mas, para onde?

— Como é que eu vou saber? Se eu soubesse, ia lá e liquidava com ele!

— É bom a gente liquidar com ele logo. Você ouviu o Doutor Q.I. Ele quer a cabeça com caspas do tal Mário. Ou vai querer a cabeça da gente em troca!

— Então, pense! Para onde pode ter fugido o sujeito?

— Eu penso, eu penso o tempo todo — explicou o Coisa. — Mas acontece que eu não sou detetive!

— Veja bem: a gente perseguiu o tal Mário até a praça do Patriarca, lembra?

— Lembro. Daí ele correu pela rua da Quitanda...

— Virou à direita na 15 de Novembro e...

— E aí tinha um tal Zé da Silva assaltando um banco e berrando que era o assaltante mais perigoso do Brasil!

— E aí a gente foi em cana, né?

— É...

— Junto com o tal Zé da Silva. Sorte que tem aquele detetive que está do nosso lado, né?

— É...

— Aí o Zé da Silva ficou em cana e a gente foi solto, né?

— É...

— E agora?

— Agora o quê?

— Como é que a gente vai pegar o tal Mário Caspinha?

— Sei lá. Acho que ele nem vai aparecer por aqui.

— Também acho.

— Então, que é que adianta a gente ficar aqui, no escuro?

— Não sei. Mas, se a gente sair daqui, onde vamos procurar?

— Pense: pra onde pode ter ido o tal Mário?

— Não sei. A gente estava perseguindo ele lá na praça do Patriarca...

— Isso você já falou. E depois?

— Depois a gente foi em cana.

— É...

Magrí achou que aquela conversa não tinha futuro. Ergueu o corpo, segurou no beiral agarrando-se numa calha de cobre e deixou o corpo cair suavemente. Foi aí que a velha calha cedeu: *cract*!

— O que foi isso? — perguntou o Animal.

— Foi um *cract*! — explicou o Coisa.

— É claro que foi um *cract*! Venha!

Estabanadamente, os dois bandidos abriram a porta da casa de Caspérides e precipitaram-se para o pequeno jardim.

— Aqui não há nada — disse o Coisa. — Só aquele casal de namorados.

— Vamos perguntar a eles se viram alguma coisa!

— Ei, psiu! Vocês aí! Viram alguma coisa?

O rapaz desgrudou-se da moça e disse, com a cara mais inocente do mundo:

— Hum... o quê?

— Vocês viram alguma coisa?

— Que coisa?

— Sei lá. Qualquer coisa!

— Não vimos nada diferente...

— Não ouviram um *cract*?

— *Cract*? Acho que não...

O Animal estava desnorteado:

— Acho melhor a gente voltar para o carro.

— É melhor mesmo.

E lá foram os dois grandalhões, discutindo pela rua, enquanto o casal de namorados se esgueirava para o jardim da casa.

Magrí conseguiu forçar uma janela. Crânio entrou em seguida.

Com a ajuda de uma lanterna que encontraram na cozinha, procuraram avidamente por alguma pista do morador ausente. Logo encontraram um computador. Crânio ligou-o e, logo na área de trabalho, ali estava: *D. O. Conclusões finais.*

E os dois Karas leram o arquivo do bioquímico. E o que leram os fez tremer.

Crânio copiou o arquivo em um disquete e, antes de sair, retirou uma foto de Caspérides que havia em um porta-retratos.

Encostaram a janela pelo lado de fora e sumiram na noite.

22. Na trilha de um desconhecido

— Você sabe que minha memória é como um gravador, Crânio – reforçou Magrí. — Eu ouvi claramente o que eles conversavam. Um dos sujeitos falou em um certo Doutor Q.I., alguém que ameaçava a vida deles se não trouxessem Márius Caspérides morto!

— Doutor Q.I.! — Calu parecia experimentar o peso macabro daquele nome. — Quem será esse maluco?

— Doutor Q.I., não é? — sorriu Crânio. — *Doutor Quociente de Inteligência*! Vai ver ele é chamado assim por ter um altíssimo quociente de inteligência. É *ele*! Só pode ser ele. O cérebro que está por trás desses crimes todos. A inteligência criminosa! O *meu* inimigo! Mas duvido que o quociente de inteligência dele seja maior do que o meu…

Os três tinham lido o arquivo do bioquímico no computador portátil que fazia parte dos equipamentos dos Karas no esconderijo secreto. Apesar da linguagem extremamente técnica, o que eles tinham lido parecia uma ameaça do outro mundo: o cientista havia criado uma droga poderosa. Certamente era aquilo que estava sendo experimentado nos estudantes seqüestrados.

Estavam no forro do vestiário do Colégio Elite. A madrugada ia alta, e Miguel ainda não tinha dado sinal de vida.

— Miguel... Onde estará Miguel? — preocupava-se Magrí.

— Estamos tão longe de Márius Caspérides quanto os bandidos — observou Calu, desanimado.

— Será? — perguntou Crânio, que ainda não havia perdoado o amigo por ter enchido de arames a linda boquinha da Magrí. — Será mesmo? Vamos ver o que temos: de acordo com os dois grandalhões, Márius Caspérides fugiu da quadrilha, foi perseguido até o centro da cidade e eles o perderam de vista quando deram com um assalto acontecendo num banco, não é?

— Foi isso que aqueles dois disseram...

Crânio sorriu. Um sorriso de suspense, de triunfo.

— Está rindo de quê, Crânio? Ficou maluco?

— Vocês não estão percebendo? Mas é tão simples!

— O que é *tão simples*, Crânio?

— Vejam bem: o que vocês fariam se estivessem fugindo desesperadamente de uma poderosa quadrilha? O que vocês fariam se soubessem que a sua vida estava em perigo? Mais: o que vocês fariam se soubessem que nem adiantaria pedir ajuda, já que havia bandidos infiltrados na própria polícia?

Crânio deixou as perguntas no ar por um momento. Calu e Magrí nada disseram. Crânio estava excitadíssimo com a perspectiva de uma disputa intelectual entre ele e um gênio criminoso. Para os outros Karas, essa excitação era sinal de que ele já tinha uma resposta satisfatória na ponta da língua. Só que ele gostava de valorizar a própria inteligência e capacidade de resolver enigmas complicados. Os Karas conheciam a vaidade do amigo e sabiam que era melhor dar corda e deixar que ele explicasse o seu raciocínio do modo que gostava.

— Vou dizer a vocês o que *eu* faria se fosse Márius Caspérides. Ele é um cientista genial, um privilegiado, e na certa pensou a mesma coisa que eu. Se eu estivesse fugindo de bandidos armados e não tivesse outra saída, eu simplesmente entraria em um banco gritando que aquilo era um assalto e me deixaria prender com a maior facilidade!

— Mas, se houvesse bandidos infiltrados na polícia, você seria desmascarado logo ao chegar na delegacia!

— Talvez não. Se os policiais-bandidos não conhecessem direito a minha cara, bastaria eu dar um nome falso ao ser preso. Um nome como Zé da Silva, por exemplo!

— Quer dizer que…

— Que Zé da Silva e Márius Caspérides são a mesma pessoa!

* * *

A hipótese de Crânio parecia a idéia mais maluca do mundo, mas era genial em sua simplicidade. Se o garoto estivesse certo, o bioquímico Márius Caspérides estaria preso, naquele mesmo instante, na mesma delegacia de onde tinham sido libertados os três brutamontes, na mesma delegacia dos detetives Rubens e Andrade.

— Só tem uma coisa, Karas — lembrou Calu. — Zé da Silva é o nome mais comum deste país. Há centenas de Zés da Silva presos em São Paulo. Na certa, só naquela delegacia deve haver uma meia dúzia. Precisamos de um plano para...

— Karas — interrompeu Magrí. — Vocês estão esquecendo de uma coisa: Miguel ainda não apareceu!

— Bom, Magrí, vai ver ele encontrou o falso Bino e...

— Não adianta discutir isso agora — decidiu Crânio. — O dia ainda não amanheceu, e tudo o que a gente pode fazer tem de ser feito pela manhã. Estamos exaustos. Vamos aproveitar essas horinhas para dormir um pouco.

Ajeitaram-se como puderam no forro do vestiário. Aqueles três dias tinham sido exaustivos, mesmo para os Karas. E o dia que estava para vir prometia mais ação ainda.

Crânio fechou os olhos e sonhou com Magrí em seus braços, sem arames nos dentes.

Magrí custou a pegar no sono. A fraca luz da lua, que se filtrava através das telhas de vidro, fez brilhar a lágrima que corria pelo rosto da menina.

— Miguel... meu querido... onde está você?

23. O DELÍRIO DO DOUTOR Q.I.

— Quem é o senhor? Como sabe meu nome?

A voz metálica que saía do vídeo parecia divertir-se:

— Ora, ora, ora, Miguel. Eu sei muito mais do que o seu nome!

— Quero sair daqui! O senhor não tem o direito de...

— Calma, meu caro. Você não está em situação de dizer quais são os meus direitos. Eu só quero conversar com você. Pode me chamar de Doutor Q.I.

— Eu fui trazido à força para este lugar. Fui narcotizado! Que espécie de lugar é este para onde se trazem pessoas à força?

— Você está na *Pain Control*, Miguel. A mais poderosa indústria farmacêutica do mundo. Você nunca ouviu falar de nós porque atuamos sob os nomes de diferentes empresas. Mas, por trás de todas, comandando todas elas, está a *Pain Control*.

Miguel percebeu que estava no covil dos lobos e que falava com o próprio líder da alcatéia.

— Não pense que pode fazer comigo o que quiser, Doutor Q.I. Eu tenho amigos que...

— Amigos? — cortou a voz metálica. — Quais? Crânio? Magrí? Calu? Ah, ah, ah!

— O senhor é um demônio! Como sabe esses nomes?

— Ora, mas se foi você mesmo que me contou...

— Eu?! Como?

— Você se acha muito esperto, não é, Miguel? Pensou que era uma idéia brilhante desaparecer junto com Crânio, Magrí e Calu, não é? Assim ficaria com maior liberdade de movimentos para atrapalhar os nossos planos, não é? Mas será que não lhe ocorreu que você podia enganar a todos, menos a nós? É claro que todo mundo pensou que vocês quatro tinham sido seqüestrados. *Menos nós!* Somente *nós* sabíamos quem estava ou não em nosso poder. Quando vocês se esconderam, foi como se tivessem mandado uma cartinha para a *Pain Control* dizendo quem eram os garotinhos que andavam fazendo perguntas nos últimos dois dias...

Miguel corou. Tinha cometido um erro. Um erro grave, que tinha exposto todos os Karas ao inimigo!

— Quer dizer que são vocês os seqüestradores de estudantes? Uma indústria de medicamentos! E estão usando os meninos como cobaias, certo?

— Ora, ora! Que esperteza! Como descobriu isso?

— Não interessa como descobri. Eu quero saber é que remédio monstruoso é esse que precisa de jovens sadios como cobaias. Um remédio deve servir aos doentes, e não aos sadios!

O Doutor Q.I. ficou em silêncio. Parecia pensar. Quando falou novamente, sua voz já não tinha mais o tom de cinismo do início da conversa. Agora ele falava com o entusiasmo de um louco:

— Você é muito inteligente, Miguel. Inteligente o bastante para perceber a grandeza do nosso projeto. Você já pensou no significado do nome da nossa empresa? Já pensou no que significa *Pain Control*? O nome da nossa corporação quer dizer *Controle da Dor*! Você imagina o que significa uma organização capaz de controlar a dor da humanidade? Uma organização capaz de determinar quanta dor os habitantes do planeta podem sentir? Nós somos capazes de controlar a duração da vida humana, a qualidade da vida humana. Mexendo com uma simples fórmula química, podemos determinar quantas crianças vão sobreviver em Biafra e quantas devem morrer no Maranhão!

— Não! — protestou Miguel. — A missão de uma indústria farmacêutica não é essa!

— Você tem razão. A nossa missão é maior. Para a sociedade perfeita que planejamos, não é suficiente controlar a quantidade de doença ou de saúde que regula a humanidade. Não! Nós queremos uma sociedade perfeita como a das formigas, onde cada um conheça o seu lugar e nele permaneça, produzindo aquilo que deve produzir, cumprindo as ordens que deve cumprir!

— Isso é uma loucura! Isso...

— Foi aí que nós descobrimos a Droga da Obediência. E essa droga maravilhosa vai abrir caminho para o nosso sonho de perfeição: a *Pain Control* vai transformar-se na *Will Control*!

O Doutor Q.I. deixou sua declaração fazer efeito e continuou:

— Ah, ah, ah! É claro que você percebeu logo o que vem a ser *Will Control*, não é mesmo? Quer dizer *Controle da Vontade*! É isso. Já imaginou? Já pensou no que será controlar a vontade e a iniciativa da humanidade? Já imaginou o que será uma sociedade em que nenhuma ordem, nenhuma instrução venha a ser contestada? Não haverá mais prisões, porque os criminosos serão readaptados pela Droga da Obediência. Não haverá mais sofrimento, nem ansiedade, nem loucura, nem dor. Não haverá mais greves, nem passeatas de protesto. Nenhum soldado jamais desertará nem se perguntará por que está sendo mandado para a guerra. Obedecerá e pronto! Não será mais necessário suspender uma remessa de vacinas ou de adubos para algum país onde esteja havendo uma revolução. Com a Droga da Obediência, não haverá mais o desejo de fazer revoluções. Porque não haverá mais desejos de espécie alguma. Só o *meu* desejo, só a *minha* vontade comandando a espécie humana!

Miguel estava estarrecido. Tinha imaginado uma série de possibilidades para explicar o desaparecimento dos estudantes. Nunca lhe ocorrera, porém, que os propósitos da quadrilha fossem tão diabólicos!

— O senhor é um louco! Um louco perigoso! Vocês pretendem destruir a vontade, acabar com os desejos, anular a criatividade dos homens. Será que vocês não percebem que, com isso, estarão destruindo os próprios homens?

— Ora, Miguel, lá está você novamente olhando as coisas por um lado só. Não, meu caro, as coisas são relativas. A verdade tem várias facetas. Procure olhar do nosso lado e verá a maravilha de um mundo de paz, sem conflitos, sem turbulências. Eu sei que você dirá que só existe *uma* verdade. Nesse caso, procure entender que essa verdade está *nas minhas mãos*!

— Não! A obediência somente leva à repetição de velhos erros. Só o respeito pela liberdade de cada um pode garantir a sobrevivência da humanidade. Só o respeito pelas opiniões divergentes pode garantir o progresso. Só a desobediência modifica o mundo!

— O que é isso, Miguel? Que discurso é esse? Será que você se esquece de quem você é? Como líder lá no seu colégio, você não é também um autoritário? Não é você quem não admite que suas decisões sejam contestadas?

— Eu...

— Não se envergonhe, meu caro. Você está certo quando não permite que opiniões idiotas prejudiquem a vitória das suas idéias superiores. É por isso que eu quero convidá-lo a unir-se a nós.

— Unir-me a vocês?

— Como você já deve ter imaginado, está em nossos planos selecionar uma elite que, é claro, não tomará a Droga da Obediência. Será a elite dos que devem ser obedecidos. A elite dirigente, que dará as ordens, que comandará a humanidade. Você é uma pessoa especial, Miguel. Uma inteligência privilegiada e um líder como poucos. Por isso eu o convido a autocontrolar-se e a assumir o lugar que é seu por direito. Você foi escolhido entre milhões! Venha comigo comandar o mundo!

O coração de Miguel disparou dentro do peito. Sua prudência, porém, o aconselhou a controlar-se. Não eram só algumas dezenas de garotos seqüestrados que dependiam dele. Agora era o futuro da espécie humana que estava em suas mãos. Ele tinha de ganhar tempo, tinha de representar.

— Eu... não sei... é tudo tão surpreendente!

— Posso imaginar sua surpresa, meu caro rapaz. Nós precisamos de lideranças jovens como a sua. Venha ajudar-nos a construir um novo mundo!

— Um novo mundo...

— Você precisa, naturalmente, ver a nossa Droga da Obediência em funcionamento, não é? Muito bem. Você vai ver tudo que precisa. Alguém virá buscá-lo e lhe mostrará os testes que estamos realizando. Por agora, eu me despeço. Voltaremos a falar.

A silhueta apagou-se no vídeo. O garoto estava só. Com todo o peso do mundo sobre os ombros.

24. Zé da Silva, perigoso meliante

Naquela quinta-feira a delegacia amanheceu com a costumeira confusão de advogados tentando libertar seus clientes, viaturas manobrando e policiais envolvidos com seus afazeres.

Por isso ninguém prestou muita atenção naquele rapazinho de óculos que entrava carregando uma pilha de livros.

— Ei, rapaz! Aonde vai com isso?

— Mandaram entregar para o delegado.

— Segundo andar, à direita.

O plano tinha dado certo. Calu estava dentro da delegacia. Agora era procurar Márius Caspérides, ou melhor, Zé da Silva.

Aquela pilha de livros era um passaporte perfeito. Calu percorreu todas as dependências da delegacia e, cada vez que percebia alguém curioso com a sua presença ali, perguntava logo pelo delegado.

* * *

O carcereiro estava morrendo de sono. Seu turno já tinha acabado há duas horas, mas o companheiro que deveria substituí-lo ainda não havia chegado.

Quando o telefone da carceragem tocou, o carcereiro atendeu de mau humor:

— Alô.

— É da carceragem?

— Não. É da casa da sua mãe!

A voz, do outro lado do fio, ficou furiosa:

— Veja como fala, seu cretino! Aqui é o doutor Boanerges!

— Oh! Desculpe, doutor!

— Mande subir o prisioneiro Zé da Silva. Quero interrogá-lo na minha sala.

— Qual Zé da Silva, doutor Boanerges? Aqui tem dois.

— O do assalto ao banco, sua besta!

— De... Desculpe, doutor. É que eu preciso saber...

— Você já está me enchendo. Ou você faz esse prisioneiro subir em cinco minutos ou eu vou arranjar pra você dirigir o trânsito em Itaquera!

— Desculpe, doutor. É pra já, doutor!

* * *

O guarda chegou com o prisioneiro Zé da Silva algemado e bateu na porta do doutor Boanerges.

— Entre – ordenou uma voz lá de dentro.

Os dois entraram em uma sala vazia. De uma porta trancada, a voz comandou:

— Deixe o prisioneiro aí. Saia, feche a porta e fique montando guarda.

— Onde o senhor está, doutor? — perguntou o guarda.

— Estou no banheiro, seu idiota!

— É que eu não posso...

— Você só pode fazer o que eu mandar! Cumpra a ordem, já!

— S... s... sim, doutor!

No momento em que a porta da sala foi fechada, o prisioneiro viu, surpreso, um rapazinho sair do banheiro.

— Caspérides? O senhor é o bioquímico Márius Caspérides, eu suponho...

— Sim, sim, sim, não, não, não! Sou Zé da Silva, o perigoso assaltante!

— Sou amigo, seu Caspérides. Tenho uma foto sua. Pode esquecer o seu disfarce. Meu nome é Calu. Precisamos libertá-lo!

O prisioneiro estava apavorado:

— Não, não, não! Eu não quero ser libertado. Sou um perigoso meliante!

— Há muito tempo não se fala mais *meliante*, seu Caspérides. Pode confiar em mim. Nós já sabemos da Droga da Obediência. Precisamos do senhor para libertar nossos amigos, para libertar mais de vinte garotos que estão sendo usados como cobaias para testar a Droga da Obediência!

O prisioneiro titubeou:

— Mais de vinte? Meu Deus!

— É isso mesmo. Só que não temos nenhuma pista de onde estejam os garotos. E não podemos confiar na polícia. Os seqüestradores têm policiais fazendo o jogo deles.

— E onde está o delegado que estava falando lá do banheiro?

— Não tem delegado nenhum, seu Caspérides. Era eu. Uma das minhas especialidades é imitar vozes. O delegado que ocupa esta sala telefonou para cá dizendo que vai se atrasar. Sorte que quem atendeu fui eu. Assim, foi fácil imitar a voz dele para trazer o senhor até esta sala. Vamos, seu Caspérides! Confie em mim! Não temos muito tempo. Dois dos rapazes já foram assassinados!

— Assassinados?! Não é possível! Tudo culpa minha!

— Culpa sua? Por quê?

— Fui eu que criei a Droga da Obediência. Mas eu não pretendia... eu não queria...

— Sabemos disso. Sabemos que o senhor fugiu porque estava contra o uso da droga, certamente. Mas precisamos do senhor para saber onde estão os estudantes desaparecidos.

— Devem estar lá na *Pain Control*...

Nesse momento, a porta da sala se abriu e o detetive Rubens entrou:

— *Pain Control*? O que é isso?

* * *

— Não se assustem — acalmou o detetive Rubens, fechando a porta. — Ouvi tudo lá de fora. Ouvi também quando você disse que há policiais envolvidos com os seqüestros, garoto. Mas eu não sou um deles. Também estou desconfiado de que há cúmplices dos bandidos dentro da própria polícia. Mas ainda há policiais honestos, meus amigos. Fiquem tranqüilos. Vamos pegar a quadrilha inteira!

— Há um policial gordo, careca... — começou Calu a informar.

— O Andrade?

— Esse. Disseram para não confiar nele.

O detetive coçou o queixo:

— Andrade, hein? Eu bem que estava desconfiado! Bom, se Andrade é um dos bandidos, toda a cautela é pouco. Preciso tirar vocês dois daqui. Vamos sair num camburão. Tenho amigos em outra delegacia. Vou usar os policiais de lá para estourar a tal *Pain Control* e libertar os garotos. Venham comigo!

Rubens tirou um par de algemas da cintura:

— Desculpe, garoto. Seu nome é Calu, não é? Desculpe, mas é melhor eu levar você algemado também. Assim ninguém vai desconfiar quando eu colocar os dois dentro do camburão.

— Está bem — concordou Calu.

Delicadamente, o detetive Rubens algemou o rapaz.

Os três saíram pelo corredor. O detetive Rubens foi empurrando os dois "prisioneiros", exatamente como costumam fazer os policiais.

Enquanto o velho elevador descia para a garagem, o detetive Rubens tirou um chaveiro do bolso e ficou brincando com ele. O chaveiro fazia um barulhinho ritmado, irritante...

* * *

Na garagem da delegacia, o detetive Rubens fez Calu e o bioquímico Caspérides entrarem num camburão, e fechou a porta, trancando-os no lugar destinado aos prisioneiros.

Calu ouviu o detetive dar a partida no carro e, de repente, descobriu que tinha caído numa armadilha:

— Ei! Ele nem perguntou o endereço da *Pain Control*! Que estúpido que eu fui! O maldito detetive Rubens é um dos bandidos!

Mas era tarde demais. Estavam presos no interior do camburão como um par de criminosos.

* * *

O camburão saiu sacolejando e teve de dar uma brecadinha para não atropelar um casal de mendigos esfarrapados.

* * *

O detetive Andrade estava furioso. Suado, já àquela hora da manhã, há três noites sem dormir, agarrou um guarda pela gola:

— Como? O Rubens saiu dirigindo um camburão? E levou o prisioneiro Zé da Silva com ele?

— Foi — explicou o guarda. — E levou também um prisioneiro jovem, algemado...

— Inferno! — berrou Andrade, correndo para a rua e trombando espetacularmente com o casal de mendigos.

25. Dois Karas é melhor do que um só

Depois que a silhueta do Doutor Q.I. desapareceu, Miguel ficou um longo tempo com os olhos pregados no vídeo apagado do intercomunicador. Ele não sabia se era dia ou noite, pois não tinha idéia de quanto tempo permanecera clorofomizado. Ainda sentia enjôos, mas agora tinha vontade de vomitar pelo que acabara de ouvir.

Uma sociedade de formigas obedientes! Era isso que estava reservado à espécie humana com a Droga da Obediência. E ele, Miguel, talvez fosse o único que podia fazer alguma coisa contra aquela barbaridade. Mas, o que fazer? Estava trancado naquele quarto, como numa prisão!

Tempo! Era só nisso que ele conseguia pensar. Precisava ganhar tempo e tentar uma virada na situação. Mas ele estava sozinho. Se, pelo menos, ele tivesse os Karas consigo...

Trouxeram uma bandeja com uma farta refeição. Miguel nem tocou nos alimentos. Tinha fome, mas a comida podia conter alguma droga. E ele precisava manter a cabeça limpa, para pensar. Recostou-se na cama e pensou. Talvez houvesse uma esperança se ele pudesse fingir que aceitava o jogo do fanático Doutor Q.I. Talvez...

Exausto, o líder dos Karas adormeceu.

* * *

Acordou com a tenebrosa silhueta do Doutor Q.I. dando-lhe um "bom-dia" que prometia ser péssimo.

— Venha, Miguel. Agora você vai conhecer o começo de uma nova era!

Guiado por um dos empregados, Miguel percorreu as dependências da *Pain Control*. O empregado pouco tinha o que falar, pois em cada dependência havia um intercomunicador cujo vídeo se acendia logo que eles entravam, mostrando a silhueta do Doutor Q.I., que dava as explicações necessárias.

— Esta é a unidade-piloto de produção da Droga da Obediência, Miguel. Estamos produzindo a droga em diferentes apresentações: em comprimidos, em pó e até na forma de cigarros. Dentro de um mês, já estaremos prontos para sair da fase de testes.

— E qual será a próxima fase, Doutor Q.I.?

— Vamos começar pelas escolas. Estamos preparando uma equipe de jovens para oferecer a Droga da Obediência em todas as escolas. Dentro de pouco tempo, teremos controlado toda a juventude do mundo. O resto será fácil.

É uma questão de tempo. Logo teremos o controle das mentes, das vontades, das iniciativas. E a *Will Control* dominará o mundo!

* * *

Miguel acompanhou o empregado, e a figura do Doutor Q.I. continuou a persegui-los, aparecendo aonde quer que eles fossem.

— Este é o ginásio dos testes de resistência física. Veja o que já conseguimos com as cobaias.

O empregado entregou uma tabela ao rapaz.

— Na primeira coluna desta tabela que você tem nas mãos estão os recordes mundiais — explicava a voz metálica do Doutor Q.I. — Na segunda, estão as marcas conseguidas pelas cobaias sob o efeito da Droga da Obediência. Como você pode ver, Miguel, todas as cobaias superaram os recordes, e duas delas conseguiram vinte centímetros a mais no salto em altura!

Correndo sobre uma esteira rolante, uma garotinha, a cobaia número 14, não apresentava qualquer expressão humana. Parecia um boneco de cera que sabia correr.

— Esta cobaia está correndo há vinte horas, Miguel. Sem apresentar sinal de cansaço nem diminuir o ritmo. Ela conseguiu fazer os 42 quilômetros da maratona em apenas uma hora e cinqüenta! Quase meia hora abaixo do recorde mundial!

A voz demonstrava um orgulho imenso:

— Sabe o que isso significa, meu caro? Significa que, sob a ação da Droga da Obediência, as pessoas perdem o medo, o sentido de autopreservação que diminui sua capacidade física. Com a Droga da Obediência, nós estamos criando super-homens!

— E a capacidade intelectual, Doutor Q.I.? E a capacidade criativa?

— Isso tudo desaparece, Miguel. Mas para que queremos criatividade? Para que queremos iniciativa? Isso compete a nós, a elite dirigente. Compete a *você*, que agora faz parte dessa elite!

Miguel sentiu vontade de chorar: sentado no meio das cobaias, com a mesma expressão estática dos outros, estava Chumbinho. Pobre menino! Tudo por causa de Miguel...

Mas, o que era aquilo? A mão esquerda do menino abriu-se e fechou-se numa fração de segundo. Ninguém percebeu o movimento, mas Miguel pôde ler um *K* desenhado na palma da mão de Chumbinho!

Então Chumbinho não estava sob o efeito da droga! Estava representando!

"Não estou mais sozinho!", pensou Miguel.

Agora alguma coisa poderia ser feita. E o líder dos Karas não perdeu tempo. A visita àquela unidade da *Pain Control* tinha terminado e ele acompanhou o empregado até a porta.

— O senhor primeiro — disse Miguel, educadamente.

No momento em que o homem saiu, Miguel rapidamente bateu a porta e fechou-a por dentro.

— Ei! Que negócio é esse? Abra! Abra essa porta!

De fora, vinham batidas furiosas na porta. De dentro, através do intercomunicador, vinha a voz calma do Doutor Q.I.:

— Ora, ora, ora, Miguel! Pelo que vejo, e como eu desconfiava, minha oferta foi recusada, não é? Que pena! Vai ser uma lástima ter de eliminar um rapaz como você!

— Vai ter de me pegar primeiro, Doutor Q.I.!

— E você acha que isso é difícil? Você prendeu a si mesmo dentro dos *meus* domínios! Que ingenuidade! Eu esperava mais de você. Você acha que essa porta vai resistir muito? Você acha que...

Não deu para ouvir o resto. Num salto, Miguel arrancou o fio que ligava o intercomunicador à tomada. O vídeo apagou-se.

Chumbinho parou de representar e correu para o amigo:

— Miguel!

— Chumbinho!

Os dois abraçaram-se, e a força de um aumentou o ânimo do outro.

— Chumbinho, como é que você ficou esse tempo todo aqui, sem tomar a droga?

— Não foi difícil. Eu fiz como sempre faço quando a mamãe vem me dar aquelas pílulas de vitamina. Eu deixo embaixo da língua, finjo que engulo e depois cuspo fora!

Do lado de fora, batidas fortes mostravam que os bandidos estavam tentando arrombar a porta a marretadas.

— Preste atenção, Kara, porque aquela porta não vai resistir por muito tempo. Tudo aqui depende da energia elétrica, até mesmo a fiscalização do Doutor Q.I. Nossa saída é desligar tudo. Vamos fazer o seguinte...

Chumbinho prestou atenção no que dizia o líder dos Karas. O plano já estava pronto quando a porta do ginásio cedeu com um estrondo.

26. Mocinhos e bandidos

— Me larga, seu gorila! Me solta!

— Fique quieta, menina! Eu não quero lhe fazer mal!

A gordura do detetive enganava muito. Andrade era forte como poucos. Tinha agarrado o jovem mendigo com uma das mãos e a garota mendiga com a outra. Por mais que se debatessem, os dois esfarrapados não conseguiam soltar-se.

— Fiquem quietos! Não tenham medo! Eu sei quem vocês são! — berrava o detetive.

— Sabe nada! — berrava de volta o mendigo. — Nós somos dois pobres mendigos. Não fizemos nada! O senhor não pode prender a gente!

— Eu não estou prendendo ninguém. Vocês são dois dos estudantes seqüestrados, não são? Você é a Magrí e você é o Crânio! Esse disfarce não engana meu faro de detetive. Quero falar com vocês. Fiquem quietos!

Andrade arrastou os dois para uma sala e fechou a porta.

— Você! — acusou a menina. — Você é da quadrilha de seqüestradores! Não se aproxime de mim!

— Magrí! Crânio! — suplicou o detetive. — Eu não sou nada disso. Confiem em mim!

— Não! Você é o inimigo! — berrou Magrí. — Eu quero o detetive Rubens! Exijo falar com o detetive Rubens!

Andrade balançou a cabeça:

— Vocês não sabem a diferença entre mocinhos e bandidos! Pois saibam que o detetive Rubens acaba de sair daqui seqüestrando o prisioneiro Zé da Silva e um rapazinho, que eu nem sei quem é!

— Calu? Seqüestraram o Calu? — surpreendeu-se Crânio.

— Era o Calu? — assombrou-se mais ainda Andrade.

— O outro seqüestrado? Mas, afinal, vocês três foram ou não foram seqüestrados?

Foi aí que Crânio percebeu o erro que os Karas tinham cometido. Ao se fazerem de seqüestrados, eles tinham se acusado para a quadrilha! Os bandidos seriam os únicos a saber que eles não haviam sido seqüestrados. E, se Andrade pensava que eles faziam parte dos desaparecidos, então Andrade era inocente! Diabo! Miguel tinha errado outra vez!

— Ele tem razão, Magrí — concluiu Crânio, seguran-do a menina enfurecida. — Ele é amigo. Miguel enganou-se. O bandido é o Rubens. Calu caiu numa armadilha!

* * *

154

Crânio e Magrí contaram para Andrade tudo o que tinham lido nos arquivos do computador do bioquímico, e tudo mais que sabiam. E eles sabiam agora que, além de Chumbinho, Miguel e outros garotos, Calu e Márius Caspérides também estavam nas mãos da quadrilha.

— Quer dizer que esse tempo todo eu tive aqui, na delegacia, a única pista do mistério? — perguntou Andrade.

— Pois é — confirmou Magrí. — Eu ouvi a conversa dos bandidos falando da fuga de Márius Caspérides e da prisão de um tal Zé da Silva. Depois Crânio teve o palpite: analisando a conversa que eu tinha ouvido, descobriu que as duas pessoas eram uma só!

— Não foi uma questão de palpite — consertou Crânio. — Foi uma questão de lógica.

Andrade andava de um lado para o outro:

— Certamente Rubens levou Calu e Caspérides para o mesmo lugar onde esconderam os outros.

Magrí sorriu tristemente:

— O problema é saber onde fica esse lugar...

Crânio fez aquela cara triunfante que sempre fazia quando tinha uma idéia brilhante:

— Acho que temos um jeito de saber...

— Que jeito é esse? Fala logo!

* * *

Àquela hora, a rua onde morava o bioquímico Márius Caspérides já estava movimentada.

Numa esquina, três homens corpulentos discutiam dentro de um carro preto estacionado:

— ... a gente estava quase pegando o sujeito, quando o tal assaltante de banco...

— O Zé da Silva.

— É. O Zé da Silva.

— E aí?

— Aí a gente foi em cana.

— É...

— Pense! Precisamos pensar!

— Tô com muito sono pra pensar!

Um rapaz todo esfarrapado passou correndo ao lado do carro e jogou um papel lá dentro. Em um segundo, o rapaz já tinha desaparecido.

— O que é isso? — perguntou o Animal.

— Um papel — respondeu o Coisa.

— É claro que é um papel, seu idiota! — reclamou o Fera. — Dá aqui!

O Fera abriu o papel, que estava dobrado em dois.

— É um bilhete!

— E o que é que está escrito? — perguntou o Coisa.

— Hum... deixa ver... — resmungou o Fera. — Leia você, que eu estou sem óculos.

— Mas você não usa óculos...

— Então preciso usar. Leia!

O Coisa pegou o bilhete. Limpou a garganta com um pigarro e ficou olhando para o papel.

— Tô com muito sono pra ler!

O Animal perdeu a paciência e arrancou o bilhete da mão do Coisa:

— Dá isso aqui. Eu leio. Está escrito: *O chefe quer ver vocês imediatamente. Corram!*

— O chefe? Deve ser o Doutor Q.I.!

— É claro que só pode ser o Doutor Q.I., seu burro! Que outro chefe nós temos?

— Aqui diz *corram.* Acho melhor a gente andar logo!

O Fera deu a partida no carro preto.

Não notou que estavam sendo seguidos por outro carro com um homem gordo ao volante e dois jovens mendigos.

27. DE PREFERÊNCIA, MORTOS!

A porta do ginásio de testes de resistência física da *Pain Control* foi arrombada com estrondo e os empregados do Doutor Q.I. entraram, empurrando-se uns aos outros.

Vinda do intercomunicador que havia do lado de fora, Miguel ouvia a voz do Doutor Q.I.:

— Peguem esse Miguel! Quero ele vivo!

O líder dos Karas começou a correr pelo ginásio, no meio dos aparelhos de ginástica e dos meninos-cobaias, desviando-se dos perseguidores com uma agilidade que eles nunca tinham visto!

— Pega!

— Não deixa escapar!

No meio daquela algazarra, os empregados não prestaram a menor atenção às cobaias, que estavam imóveis, aguardando ordens. Só a pobre menina que havia batido o recorde da maratona continuava correndo sobre a esteira rolante.

Havia, porém, mais um que não estava imóvel. Era Chumbinho, que, de acordo com o plano que combinara com Miguel, aproveitou a confusão e esgueirou-se silenciosamente para fora.

Arrastou-se colado à parede, por baixo do intercomunicador, de modo que a objetiva do aparelho não pudesse focalizá-lo. Desapareceu por uma porta lateral. O intercomunicador, lá na sala do Doutor Q.I., estava sintonizado somente no corredor que dava para o ginásio de testes, por causa da confusão propositalmente armada por Miguel. Assim, Chumbinho pôde correr com tranqüilidade pelo resto da *Pain Control*, pois todos os outros intercomunicadores estavam apagados e todos os empregados tinham corrido para o ginásio de testes.

As dependências onde estava sendo testada a Droga da Obediência só tinham janelas lacradas e opacas, para que ninguém pudesse ver o que se passava lá dentro. Assim, a iluminação era toda artificial.

Por isso Chumbinho tinha de encontrar e desligar a chave central de energia elétrica.

Nesse momento, uma porta à sua frente foi aberta, e o menino tomou um susto:

— Calu! E o senhor é o bioquímico que eu vi falando com... Ei! Por que vocês estão algemados?

— Fuja, Chumbinho! — ordenou Calu.

Mas era muito tarde. Por trás dos dois surgiu o detetive Rubens, apontando um revólver para o garoto.

159

— Quietinho aí, menino! Senão leva chumbo!

Mas Rubens não conhecia os Karas. Se conhecesse, jamais iria distrair-se da guarda de um deles para apontar uma arma para o outro: com as mãos algemadas, Calu aproveitou-se e golpeou, de baixo para cima, o braço estendido de Rubens! A bala foi cravar-se no teto e, ato contínuo, Calu meteu uma cotovelada no estômago do detetive.

A arma voou longe e, quando Rubens recuperou o fôlego, viu um cano apontado para sua testa. Era Chumbinho, que, rápido como um gato, havia se apoderado do revólver:

— Quietinho, *você*, seu bandido! — vingou-se Chumbinho, com muita raiva na voz. Ele se lembrava daquela cara na sala do diretor do Colégio Elite e, ao contrário de Miguel, não tinha simpatizado com ela desde o início.

— Grande, Chumbinho! — aplaudiu Calu, revistando os bolsos de Rubens, em busca da chave das algemas.

— Sim, sim, sim! — sorriu Caspérides. — Que meninos valentes!

— Vocês não vão escapar... — começou a ameaçar Rubens.

— Cala a boca, traidor! — Calu tirou as algemas de seus pulsos, libertou também o bioquímico, mas, no momento em que se preparava para algemar o detetive traidor...

— O que está acontecendo aqui?

Na moldura da porta, apareceram três figuras enormes, ameaçadoras:

— Detetive Rubens! — estranhou o Animal. — O que é que o senhor está fazendo aí no chão?

— Rápido, idiota! Me ajude! Esses moleques...

— Não podemos fazer nada, seu Rubens... — lamentou-se o Coisa.

— Estamos sem as nossas armas — informou o Fera.

Os três foram empurrados para dentro, e o detetive Andrade entrou de arma na mão, logo seguido por um jovem casal de mendigos.

— Crânio! Magrí!

— Calu! Chumbinho!

— Cadê Miguel?

— Está na boca do lobo! — respondeu Chumbinho. — A essa hora já deve ter sido preso. Está no ginásio de testes, às voltas com mais de vinte empregados do Doutor Q.I.!

— Onde fica isso? — perguntou Andrade. — Vamos lá!

— Não adianta! Eles estão armados e podem pegar os meninos-cobaias e Miguel como reféns. Mas Miguel teve uma idéia. Eu estava tentando fazer o que ele mandou quando apareceram Calu, Caspérides e esse maldito traidor!

Algemaram Rubens ao Fera, o Fera ao Coisa, o Coisa ao Animal e o Animal à maçaneta da porta, usando as algemas que tinham estado em Calu e Caspérides e mais duas que Andrade trazia consigo.

— Vamos! Temos de encontrar a chave da energia elétrica!

* * *

Miguel correu pelo ginásio, driblou os perseguidores o quanto pôde, resistiu o maior tempo possível, mas acabou sendo capturado e subjugado pelos empregados. A uma ordem do Doutor Q.I., um dos bandidos ligou novamente na tomada o intercomunicador do ginásio de testes. A voz do sinistro personagem, novamente dentro do ginásio, estava calma, confiante:

— Que brincadeira mais boba, Miguel! Eu pensava que você fosse capaz de agir com mais inteligência. De que adiantou correr como um ratinho? De que adiantou... Ei! Onde está a cobaia número 20? Diabo, Miguel! Você estava só ganhando tempo enquanto seu amiguinho fugia, não é? O número 20 é aquele que estava sem tomar a droga!

Furioso, investiu contra os empregados:

— Vocês são todos uns incompetentes! Deixaram o garoto enganá-los o tempo todo!

— Mas nós... — tentou desculpar-se um dos empregados.

— Cale a boca! Deixem que eu descubro o moleque pelo intercomunicador.

As telas dos intercomunicadores espalhados por toda a *Pain Control* acenderam-se uma a uma. O Doutor Q.I. procurava Chumbinho.

— O que é isso?

Na tela do Doutor Q.I. apareceu um longo corredor, no fim do qual, algemados a uma porta, estavam o detetive Rubens e os três ferozes seguranças da *Pain Control*, presos um ao outro, formando uma estranha fila, como crianças grandes, de mãos dadas.

— Estúpidos! Incompetentes! — berrou o Doutor Q.I.

— Os inimigos entraram na *Pain Control*! A cobaia 20 não poderia algemar sozinha esses incompetentes. Preciso descobrir onde estão os invasores!

O Doutor Q.I. continuou freneticamente a ligar e desligar os intercomunicadores, à procura dos inimigos.

— Aí estão! O Caspérides está com eles! Maldito! Acho que pretendem chegar à casa de força! — concluiu o Doutor Q.I. ao ver o detetive Andrade, o bioquímico e os quatro Karas correndo por um corredor. — Depressa! Dois de vocês fiquem aí, tomando conta de Miguel. O resto corra atrás deles! Se eles desligarem a força, estaremos perdidos! Eu quero todos eles vivos ou mortos. De preferência, mortos!

Os bandidos conheciam muito bem a planta da *Pain Control* e seu labirinto de corredores. Logo os fugitivos estavam cercados e com o acesso à casa de força cortado.

— Eles são muitos! Não vamos escapar! — gritou Andrade vendo o grande número de bandidos que se aproximava de armas na mão.

— Sim, sim, sim, não, não, não! — lembrou Márius Caspérides. — Venham comigo!

O bioquímico abriu a porta de um laboratório e todos começaram a entrar.

Um dos bandidos, vendo que não os alcançaria a tempo, ergueu a arma, fez pontaria e atirou.

O tiro reboou altíssimo dentro do ambiente fechado da *Pain Control*. Só restava um dos fugitivos fora da porta do laboratório.

Era Chumbinho. Seu corpinho deu um tranco e o menino caiu para trás.

— Chumbinho! Não! — gritou Magrí antes que a porta se fechasse.

* * *

Dentro do laboratório, protegido por uma grossa porta corta-fogo, a confusão era geral:

— Chumbinho! Que horror! Ele foi baleado!

Calu tentou acalmar a menina:

— Talvez esteja apenas levemente ferido, Magrí!

— Levemente ou gravemente ferido, não há o que a gente possa fazer pelo Chumbinho agora, a não ser tentar sair desta! Depressa, gente! — convocou Crânio. — Tive uma idéia. Precisamos de fumaça, muita fumaça! Vamos queimar...

— Fumaça? — interrompeu Caspérides. — Não é preciso queimar nada. Posso misturar alguns produtos químicos e...

— Ótimo! Onde está o alarme de incêndio?

Todos entenderam imediatamente o plano de Crânio. Magrí correu e acionou o alarme de incêndio. No mesmo instante, uma sirene altíssima disparou. Eles sabiam que uma indústria moderna como aquela deveria ter o alarme de incêndio ligado diretamente com o corpo de bombeiros. Era a última esperança!

A porta que os protegia era reforçada, como deve ser em um laboratório que trabalha com produtos perigosos e explosivos. Mas aquela não agüentaria por muito tempo: do lado de fora, os bandidos haviam arranjado marretas e machados e golpeavam a porta sem dó nem piedade.

Calu agarrou um pesado banco e atirou-o contra a janela opaca e lacrada do laboratório. O vidro estilhaçou-se com estrondo. Agora havia por onde sair a fumaça que o bioquímico começava a provocar.

Com a ajuda de Crânio, Caspérides misturou vários produtos e logo grossos rolos de fumaça negra saíam pela janela quebrada do laboratório.

28. A CAPACIDADE DE DESOBEDECER

No ginásio de testes, imobilizado pela ameaça de dois revólveres, Miguel viu que alguma coisa diferente estava acontecendo com a menina que corria sobre a esteira rolante.

Um brilho de consciência passou pelos olhos dela, e a menina diminuiu o ritmo da corrida. Mas, como a esteira continuou rolando, ela foi arrastada para trás e atirada ao chão.

— Que foi isso? — espantou-se um dos empregados.

Aos poucos, um a um, os meninos-cobaias começaram a sacudir a cabeça, a esfregar os olhos, a olhar espantados em volta.

— Onde estou?

— Que tontura!

— O que está acontecendo?

O empregado bateu a mão na testa:

— Inferno! Com a confusão, esquecemos de dar o reforço da droga para as cobaias!

— É mesmo! – concordou o outro. — Elas estão despertando!

Miguel levantou-se corajosamente:

— Quietinho aí, rapaz! Não se mexa! — gritou o primeiro, com a arma apontada.

Sem temer um tiro pelas costas, Miguel voltou-se para os rapazes e moças que estavam despertando do efeito da Droga da Obediência:

— Pessoal! Vocês foram seqüestrados. Foram enganados e foram usados pela mais sinistra das quadrilhas!

Os bandidos estavam nervosos:

— Cala a boca, rapaz! Olha que eu atiro!

Miguel sentiu o cano frio da arma encostar-se em sua nuca. Mas continuou falando, com calma, escolhendo as palavras:

— Todos vocês ficaram várias semanas sob o efeito da Droga da Obediência, que anulou a inteligência de vocês e transformou todos em robôs imbecilizados!

Os meninos e meninas olhavam-se uns aos outros, como se fosse difícil acreditar no que estavam ouvindo.

Naquele instante, o Doutor Q.I. desviou a atenção do corredor em frente ao laboratório onde estavam os fugitivos e ligou seu intercomunicador com o ginásio de testes.

— O que está havendo aí? Diabo! Seus incompetentes! Façam esse garoto calar a boca!

Mas, dessa vez, os dois bandidos eram muito pouco frente à fúria de dezessete garotos, que já tinham tomado consciência das palavras de Miguel. Saltaram decididamente contra os dois, aos trancos e cabeçadas, arrancaram seus revólveres e os imobilizaram, praticamente sentando em cima deles! A voz do Doutor Q.I. vinha alta e furiosa:

— Miguel! Você não entende o que está fazendo? Você está destruindo a realização do maior sonho da humanidade! A obediência absoluta! Pare! Pense um pouco! Você não pode fazer isso! Você está destruindo séculos de sonhos! Você está destruindo o futuro!

Miguel parou em frente ao intercomunicador:

— Não! Eu estou *salvando* o futuro! O que eu estou destruindo é um sonho louco de dominação da humanidade, de controle da mente humana!

— Nada disso! Você não entende...

— Eu só entendo que a minha capacidade de criticar tudo o que ouço e vejo e a minha capacidade de contestar tudo o que descubro de errado é que fazem de mim um ser humano! É a minha capacidade de desobedecer que faz de mim um homem!

— Você poderia ter se juntado a mim! Poderia construir um mundo novo!

— Eu *vou* construir um mundo novo! Esteja certo disso. Mas nesse mundo não haverá lugar para pessoas como você!

O vídeo do intercomunicador apagou-se.

* * *

Várias sirenes foram ouvidas do lado de fora e, em poucos minutos, um grupo de bombeiros apareceu por trás dos bandidos, justamente no momento em que a porta do laboratório vinha abaixo.

— O que está se passando por aqui? — perguntou o bombeiro que vinha à frente, de olhos arregalados.

Os bandidos voltaram-se e apontaram as armas na direção dos bombeiros.

Naquele instante, todas as luzes se apagaram.

* * *

Na escuridão total, os bandidos não atiraram, pois não havia como enxergar qualquer alvo. Não sabiam o que fazer. Atirar a esmo? Nunca tinham agido pelas próprias cabeças e esperavam desesperadamente uma ordem do chefe supremo da *Pain Control*.

— Doutor Q.I.! Doutor Q.I.! O que faremos? — gritou um deles para a escuridão.

Na escuridão, a voz cavernosa do Doutor Q.I. ressoou acima de todos eles:

— Não adianta começar uma guerra no escuro. Não adianta atirar nos bombeiros. Vocês vão acabar acertando uns aos outros. Nada mais adianta. Fomos derrotados. Entreguem-se!

Os bandidos tentaram entreolhar-se, para decidir o que fazer. Mas, no escuro total, isso era impossível. E, se até a liderança brutal do Doutor Q.I. tinha desistido, não havia mais por que oferecer qualquer resistência. Ouviu-se o ruído das armas caindo no chão, em obediência à ordem da voz cavernosa.

No mesmo instante as luzes acenderam-se e iluminaram as caras assombradas dos bandidos, cercados de um lado do corredor pelos bombeiros, e do outro pelo detetive Andrade, Magrí, Calu, Crânio e Caspérides.

Andrade assumiu o comando da situação:

— Quietos, todos vocês! Mãos na cabeça!

Os bandidos obedeceram e baixaram as cabeças, derrotados.

— Garotos! — ordenou o detetive. — Peguem as armas desses bandidos!

Crânio, Magrí e Calu executaram a ordem.

O chefe dos bombeiros deu um passo à frente:

— Que loucura é essa? Posso saber o que está acontecendo por aqui?

Andrade não deixou a surpresa durar mais:

— Sejam bem-vindos, amigos. Sou o detetive Andrade. Como vocês podem ver, aqui não houve nenhum incêndio. Houve muito mais do que um incêndio... Mas, antes de mais explicações, será que vocês podiam dar uma forcinha aqui na prisão desse bando de criminosos?

Os bombeiros ajudaram a empurrar os bandidos para dentro de uma sala, onde eles ficariam bem trancadinhos até a chegada de reforço policial.

Por entre o grupo de bombeiros que empurrava os bandidos, uma carinha sorridente apareceu:

— Oi, pessoal! Tudo está sob controle agora?

Magrí deu um grito:

— Chumbinho! Você não está morto!

— É claro que não estou! — explicou o menino, com a cara mais sapeca do mundo. — Eu só *fingi* que fui atingido pelo tiro. Assim esses trouxas nem ligaram pra mim e ficaram tentando derrubar a porta. Eu fui saindo de fininho... Era a única maneira de continuar a procurar a casa de força! E desliguei na horinha, né?

O bioquímico Márius Caspérides surpreendia-se cada vez mais:

— Sim, sim, sim! Então foi você que apagou as luzes?

— É claro que fui!

— Sim, sim, sim, mas que valentia!

Magrí, ainda saboreando o alívio de reencontrar Chumbinho são e salvo, lembrou-se que o grupo ainda estava incompleto:

— E Miguel? Vamos libertar Miguel!

Nem bem a menina acabava de falar, o líder dos Karas aparecia abrindo caminho através do grupo de bombeiros, seguido por todos os meninos-cobaias.

* * *

Um grande silêncio. Há três dias os Karas não se reuniam, e a tensão daquela aventura tinha sido de esfrangalhar os nervos de qualquer um. Mesmo que esse alguém fosse um Kara!

E todo aquele suspense explodiu num grito de desabafo, de saudade, de carinho:

— Miguel!

Com os trapos de mendiga esvoaçando, Magrí correu para o amigo e abraçou-se a ele, bem apertado, como se fosse uma despedida.

— Miguel, meu querido!

O outro "mendigo" baixou a cabeça e disfarçou o ciúme, mexendo nos farrapos da calça, como se quisesse ajeitar um vinco imaginário.

Andrade sorria, participando de toda aquela alegria, de todo aquele alívio:

— Ufa! Terminou! Ainda bem que tudo se resolveu sem derramamento de sangue! Nem sei o que poderia acontecer se o Doutor Q.I. não tivesse desistido e... Ei! Esperem um pouco: como é que o Doutor Q.I. pôde dar a ordem de rendição pelo intercomunicador se a energia elétrica estava desligada?

Calu abriu o mais orgulhoso sorriso:

— E quem disse que o Doutor Q.I. se rendeu? A voz que vocês ouviram *era a minha*, imitando o safadão!

— Sim, sim, sim! Esses meninos são mesmo demais!

Andrade fez uma festinha muda na cabeça de Calu, desmanchando-lhe os cabelos.

— Por falar em Doutor Q.I., cadê ele? — lembrou o Chumbinho.

— Onde fica a sala do Doutor Q.I., seu Caspérides? — perguntou Miguel.

— Não sei. Nós só víamos o Doutor Q.I. pelo intercomunicador...

— Então vamos procurar, pessoal! — comandou Miguel.

* * *

Mas foi inútil. Por mais que vasculhassem a *Pain Control* de cima a baixo, não foi possível encontrar o Doutor Q.I. O tenebroso personagem que pretendia dominar o mundo com a Droga da Obediência tinha desaparecido sem deixar rastro. Com ele se evaporava também aquele sonho louco, aquele pesadelo ameaçador...

29. E o Doutor Q.I.?

O detetive Andrade tinha ficado de boca aberta:

— Mas como, Miguel? Como eu posso deixar vocês fora disso? Você, Chumbinho, Magrí, Calu e Crânio foram os verdadeiros detetives que desmascararam a quadrilha da Droga da Obediência. Vocês são heróis de verdade! A imprensa precisa saber disso. Todo mundo precisa saber disso!

Enquanto esperavam a chegada das viaturas da polícia para levar os bandidos da *Pain Control*, Miguel negava com firmeza:

— Por favor, detetive Andrade. Nós não queremos que ninguém fique sabendo da nossa participação nesse caso. Queremos ficar na sombra. A glória deve ser toda sua. Diga que nós fomos seqüestrados como os outros garotos e que o senhor nos salvou a todos. Não queremos aparecer.

— Mas por quê?

— Temos nossas razões. Por favor, não pergunte quais são.

* * *

Andrade tinha sido obrigado a concordar. Por isso, desde o dia anterior até a manhã daquela sexta-feira, cinco dias depois que Miguel tinha convocado os Karas para a emergência máxima, a imprensa de todo o país estava fazendo um estardalhaço nunca visto em torno de Andrade.

Era o herói que todos aplaudiam. O cérebro dedutivo que, "sozinho", havia descoberto a pista daqueles seqüestros tão misteriosos. O policial destemido que, sem a ajuda de ninguém, havia penetrado no covil dos raptores e prendido a quadrilha toda. Mais de vinte bandidos! Era a glória da polícia de São Paulo. O servidor dedicado, cujo heroísmo apagava a vergonha que o corrupto detetive Rubens causara a todos os policiais.

Andrade recusou todas as homenagens. Tinha cumprido com o seu dever e não queria bajulações. Já estava envolvido com outro caso e não tinha tempo para nada. A única entrevista não-oficial que aceitou conceder foi quando o professor Cardoso, o diretor do Colégio Elite, convocou-o para uma reunião na sala da diretoria.

Enquanto atravessava o pátio do Elite, Andrade viu-se cercado pela garotada e teve de conceder autógrafos como se fosse um artista de cinema. Assim, quando entrou na sala do professor Cardoso, o gordo detetive estava suado, enxugando a careca com seu lenço amarrotado.

— Bem-vindo ao Elite, detetive Andrade! — cumprimentou o diretor, caminhando até o policial e abraçando-o calorosamente.

Na sala já se encontravam os heroizinhos anônimos Miguel, Crânio, Chumbinho, Calu e Magrí, todos com carinhas de inocentes colegiais indefesos. Andrade olhava para eles e sentia um nó na garganta: queria que eles fossem seus filhos, gostaria de poder colocar no colo cada um deles. Na verdade, Andrade sentia como se eles *já fossem* seus filhos.

— Sente-se, meu caro Andrade — convidou o professor Cardoso. — Nosso colégio será eternamente agradecido ao senhor. Afinal de contas, o Elite foi o mais atingido de todos os colégios. Seis alunos daqui foram seqüestrados, enquanto somente dois garotos desapareceram de cada um dos outros colégios. O terceiro de cada um dos colégios era sempre o mesmo Bino, não é? Infelizmente um dos nossos alunos foi assassinado. Mas os outros cinco estão aqui.

O professor Cardoso fez uma pausa. Caminhou até os cinco Karas e pôs a mão no ombro de Miguel.

— Temos muito a agradecer ao senhor, detetive Andrade. Por isso Miguel, como presidente do Grêmio do Colégio Elite, pediu-me que convocasse esta reunião. Ele tem um pequeno discurso de agradecimento para o senhor, que expressa o que todos nós sentimos.

Miguel levantou-se sorrindo jovialmente, como se fosse o orador da turma em festa de formatura.

— Obrigado, professor Cardoso. Sinto-me honrado e extremamente aliviado por estar, neste momento, encarregado de dirigir estas breves palavras ao nosso querido herói, o detetive Andrade.

Logo Miguel? Fazendo um discurso careta como aquele? Andrade não conhecia o rapaz profundamente, mas o tinha visto em combate: tratava-se de um líder de poucas palavras e muita ação. Andrade sentiu-se pouco à vontade. Que história era aquela?

— ... honrado por ser o porta-voz da gratidão de todos nós — continuou Miguel. – E aliviado por poder estar aqui, inteiro e vivo, graças ao heroísmo do senhor, detetive Andrade. Há mais pessoas que deveriam estar aqui, agradecendo ao senhor. Mas não caberiam todos nesta sala, porque o senhor salvou a humanidade inteira. A vida inteligente deste planeta esteve ameaçada pela Droga da Obediência e pelo sinistro Doutor Q.I., o cérebro criminoso que organizou essa terrível ameaça!

Andrade teve vontade de interromper o rapazinho, de dizer que continuava investigando, que a captura do Doutor Q.I. era uma questão de horas, mas sabia que aquilo não era verdade. O comandante da *Pain Control* havia se vaporizado como uma gota de água no ferro quente.

— Infelizmente — continuou Miguel —, o Doutor Q.I. escapou. Na certa vai passar um período na sombra, antes de atacar novamente. E ele vai atacar, estou certo disso. É uma ameaça perigosa. Jamais descansará enquanto não realizar sua ânsia de poder absoluto. É preciso pegá-lo, detetive Andrade. Ninguém poderá dormir sossegado enquanto esse homem estiver à solta.

Miguel aguardou um instante. Seu discurso estava tomando um rumo inesperado, e todos os presentes estavam em suspense.

— Eu falei com o Doutor Q.I. somente através daquelas telas de comunicação que havia na *Pain Control*, mas falei. Não foi possível ver o seu rosto, porque ele estava sempre na sombra. Nem adiantaria tentar reconhecer a voz dele, porque o Doutor Q.I. usava uma espécie de filtro de som que lhe alterava a voz. Era quase como falar com uma máquina. Existe, porém, uma característica da personalidade de cada um que é impossível esconder com sombras, com filtros de som ou com qualquer outro artifício. Essa característica é o pensamento.

Aos poucos, um leve mal-estar foi tomando corpo e atingindo a todos naquela sala.

— E eu me lembro perfeitamente das palavras e da maneira de pensar do Doutor Q.I. Como se ele estivesse falando agora. E, se ele estivesse falando agora, provavelmente diria que eu estou olhando de um lado só da questão. Diria talvez que as coisas são relativas e que a verdade tem várias facetas.

Miguel voltou-se para o diretor do Elite, que ouvia atentamente.

— Lembra-se, professor Cardoso, quando tudo isto começou, não faz nem uma semana? Lembra-se da nossa conversa, quando o senhor dizia que era melhor manter o desaparecimento do Bronca em segredo para proteger a imagem do Elite? Lembra-se que discordamos a esse respeito?

— Lembro-me vagamente, Miguel.

— Vagamente! Então, na certa, não vai lembrar das palavras que usou naquele momento, não é?

— Das palavras? — sorriu o diretor. — É lógico que não!

— Pois eu me lembro. É uma questão de entender o raciocínio das pessoas, o modo de pensar das pessoas através do que elas dizem. O senhor me disse que eu era muito jovem, não é?

— Talvez tenha dito isso, sim.

— E que eu olhava as coisas de um lado só, não é? Que eu haveria de aprender que as coisas são relativas, não é? Que a verdade tem várias facetas, não é?

O professor Cardoso recuou, como se fosse empurrado pelas palavras de Miguel.

— O que é isso? Uma brincadeira?

— Não é uma brincadeira, professor Cardoso. Ou devo dizer... *Doutor Q.I.?*

O homem estava branco como papel. Continuou recuando até a sua grande mesa de diretor e olhou suplicante para Andrade.

— Detetive Andrade! O senhor está fazendo parte deste jogo?

— Eu não estava, professor... Doutor... sei lá! Não estava, mas agora estou. Vou acabar me acostumando a ser envolvido pelas estripulias desses garotos!

— Isso é um abuso! — protestou o acusado. — Sou o diretor deste colégio e não admito ser desrespeitado dessa maneira! Eu dirijo um colégio democrático, um modelo de educação liberal que...

— Excelente disfarce, não é, Doutor Q.I.? — interrompeu Miguel. — Quem haveria de desconfiar que o respeitabilíssimo e ultraliberal diretor do Colégio Elite pudesse organizar a experiência mais ditatorial e demente que já existiu?

O rosto do homem passou do pálido ao rubro, e sua voz saiu carregada de ódio assassino:

— Maldito! Moleque maldito! Eu devia ter mandado matar você no primeiro minuto! Fui acreditar na sua inteligência e você destruiu tudo! Ignorante! Você destruiu a salvação da humanidade! Estúpido!

Mesmo enquanto Andrade o arrastava para fora, algemado, o Doutor Q.I. continuou gritando:

— Ignorante! Você destruiu um sonho! O maior sonho do mundo!

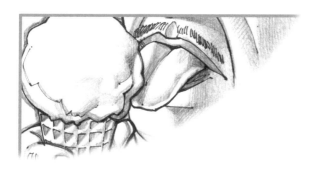

30. Temos de continuar!

— Pois é isso, meus amigos. Com a ajuda da Interpol, investigamos direitinho a *Pain Control*.

Andrade e os cinco Karas tinham marcado encontro num lugar discreto, pois assim havia pedido Miguel. E esse lugar era o zoológico.

De camisa esporte, caminhando pelas alamedas do Zoológico de São Paulo, com um sorvete na mão, o detetive Andrade mais parecia um professor cercado por seus alunos. Naquele dia, Andrade não estava suando.

— O Doutor Q.I. comandava toda a organização em uma salinha secreta que só tinha entrada pela sala da diretoria do Elite. Ali descobrimos o intercomunicador. Mas a minha curiosidade era saber como o Doutor Q.I. poderia ter controlado daquela maneira uma empresa importante como a *Pain Control*. Com a ajuda da Interpol, porém, recebi a resposta em menos de um dia.

— Eu também tinha pensado nisso, detetive Andrade — disse Crânio. — O que descobriu?

— Os acionistas da *Pain Control* estão espalhados pelo mundo inteiro. Uma firma de advogados conseguiu uma procuração de todos eles para representá-los na assembléia de acionistas. Acontece que o Doutor Q.I. controlava a tal firma de advogados. Assim, foi fácil eleger testas-de-ferro para dirigir todas as filiais da *Pain Control*, enquanto o próprio Doutor Q.I. ficava por trás de tudo, comandando a todos.

— Eta sujeito brilhante! — comentou Calu.

— Um dos mais brilhantes criminosos que já conheci — concordou Andrade.

— E o que vai acontecer com os bandidos?

— Todos vão responder processo como co-autores dos seqüestros e dos assassinatos. A maioria dos funcionários e operários da *Pain Control* estava fora da trama. Trabalhavam apenas com os medicamentos normais e nem desconfiavam da existência da Droga da Obediência. Só vinte e poucos deles, incluindo o Doutor Q.I. e o detetive Rubens, sabiam dos meninos seqüestrados. A área do prédio onde ficavam os seqüestrados era proibida para os outros funcionários.

— E o Bino?

— Já conseguimos pegá-lo. Ele agia sob vários nomes: Bino, Cacá, Joca e muitos outros. O plano era simples. Um dos bandidos aparecia em um colégio pedindo que seu "filho" freqüentasse as aulas por uma ou duas semanas até que fossem liberados os documentos do colégio anterior. Fornecia um endereço falso e pronto. Em geral, todos os colégios aceitam provisoriamente matrículas desse jeito. Por isso o plano de colocar o Bino em qualquer colégio que quisessem sempre dava certo.

— Bino também está preso?

— Ele é menor de idade. Está à disposição do Juizado. O juiz de menores é quem vai decidir a sorte do Bino.

Estavam todos apoiados na mureta que dá para o fosso dos ursos-pardos. Aquelas enormes almofadas marrons pareciam tão quentes e fofinhas que Chumbinho ficou imaginando como seria gostoso descer até lá e abraçar-se com um deles. Crânio quebrou o breve silêncio:

— Qual é o verdadeiro nome do Doutor Q.I.?

Andrade estava acabando de comer a casquinha de biscoito do sorvete:

— Ainda não foi possível descobrir. Ele se recusa a falar e parece que não existe ficha criminal dele em nenhuma parte do mundo. Mas, qualquer que seja o seu nome, a coisa está bem ruim para o lado do Doutor Q.I....

— Com essa prisão, as coisas mudaram lá no Elite — informou Chumbinho, esquecendo a vontade de abraçar os ursos.

— Mudou? Como?

— Com a saída do professor Cardoso, quer dizer, com a prisão do Doutor Q.I., a Associação de Pais e Mestres assumiu a direção do colégio.

— E o que muda com isso?

— Só a direção — respondeu Chumbinho. — As decisões vão continuar sendo tomadas pelo conselho de professores e alunos. Bem do jeitinho que era com o Doutor Q.I. como diretor.

— É isso mesmo — concordou Magrí. — O sistema liberal do Elite é uma criação do Doutor Q.I.!

— Ele foi capaz de criar um sistema democrático absoluto, de um lado — raciocinou Crânio —, enquanto tentava criar a mais absoluta tirania, do outro...

Andrade colocou as mãos nos ombros do líder dos Karas:

— Ele sabia olhar as coisas pelos dois lados, não é, Miguel?

— Era um crânio! — concluiu Magrí.

— Ei, espera aí! — protestou Crânio. — O único Crânio do mundo sou eu!

* * *

No quarto de Miguel, o aparelho de televisão ligado jogava uma luz azulada sobre o corpo do rapazinho estirado na cama, com a cabeça apoiada nas mãos cruzadas atrás da nuca.

Miguel olhava com atenção para a querida imagem do detetive Andrade, suando sob o calor das luzes dos refletores, no debate sobre o assunto do momento: a Droga da Obediência.

Educadores, psicólogos, sociólogos e figuras de respeito da sociedade participavam do debate. Andrade, entre elogiado e pressionado, saía-se da melhor forma possível. Enquanto as palavras do debate percorriam os sentidos do garoto, uma sombra passou pelo seu ânimo. Uma ponta de remorso. Aquele policial tão dedicado, que passara noites sem dormir investigando os seqüestros, só tinha merecido suspeitas por parte de Miguel. E Rubens, elegante demônio, tinha enganado completamente o líder dos Karas.

— *A sociedade inteira tem uma dívida de gratidão para com o senhor, detetive Andrade* — dizia um dos debatedores.

Líder dos Karas! Que ironia! O pensamento de Miguel afundava cada vez mais naquela dolorosa autocrítica. Que líder era ele, se tinha considerado Chumbinho um fedelho intrometido, de quem os Karas deveriam livrar-se? Logo Chumbinho, o pequeno herói que tinha enfrentado as piores situações sem fraquejar jamais? Logo Chumbinho, que tinha passado aos Karas as mais importantes informações que haviam possibilitado a solução daquele caso? E logo Chumbinho, que tinha desligado a chave geral de energia da *Pain Control*, evitando uma batalha sangrenta no final da história?

Na televisão, um senhor muito afetado falava com entusiasmo:

— *A questão mais importante a discutir neste debate é a própria Droga da Obediência. Quais seriam realmente seus efeitos? Quais os seus danos?*

Líder dos Karas! Mas não tinha sido ele, o próprio Miguel, quem havia jogado Chumbinho contra Bino, pensando que Bino era um inocente novato? Grande líder! Nem mesmo a mensagem de Chumbinho ele tinha entendido... Ele imaginara que o B da mensagem queria dizer que Bino tinha também sido raptado, quando Chumbinho tentava informar que Bino era o oferecedor... Quanto tempo perdido por causa daquele erro!

— *Os efeitos da Droga da Obediência poderiam até ser bem-aplicados* — dizia outro debatedor. — *Ou mal-aplicados, como no plano sinistro do Doutor Q.I....*

Grande líder! Um líder que havia exposto todos os Karas à quadrilha do Doutor Q.I., com a idéia de fingir que todos também haviam sido seqüestrados. Que idéia estúpida!

— *Seqüestrar e manter em cárcere privado dezenas de meninos e meninas foi realmente um crime hediondo* — protestou outro debatedor. — *Mas é claro que não podemos ficar contra a energia nuclear só porque jogaram uma bomba atômica em Hiroxima!*

A depressão tinha tomado conta de Miguel. À sua memória vinha a imagem do Doutor Q.I., tentando convencê-lo a fazer parte da quadrilha, com um argumento aterrador: não era ele, Miguel, uma espécie de pequeno ditador dos Karas? Não era ele, Miguel, um autoritário? Ele era obrigado a concordar com o Doutor Q.I. Sim, ele era um ditador. Sim, ele era um autoritário. E, mais que tudo, ele era um líder incapaz, que havia errado várias vezes durante aquela batalha...

Uma lágrima percorreu a face do garoto e foi salgar-lhe a boca no momento em que ele decidia que o melhor era dissolver o grupo dos Karas. Ele não poderia expor aqueles quatro maravilhosos amigos à sua incapacidade e ao seu autoritarismo...

Na televisão, o clima estava explosivo. Todos queriam falar ao mesmo tempo, e Andrade, suando como nunca, tentava interromper o orador, que berrava entusiasmadamente:

— A Droga da Obediência, como todas as descobertas científicas, é um bem! Devemos pesquisá-la e usá-la com cautela, sob o controle das entidades governamentais. Vivemos atualmente uma crise de autoridade, que pode ser resolvida com a Droga da Obediência! Afinal de contas, um pouco de obediência não há de fazer mal à nossa juventude!

Os olhos de Miguel apertaram-se. Então todo aquele trabalho só tinha servido para aquilo? As pessoas mais importantes da sociedade julgavam que a Droga da Obediência poderia ser um bem?

Miguel pressionou o botão do controle remoto e o televisor apagou-se. Deitado no quarto às escuras, o rapazinho decidiu que não importavam os erros. O que importava era a luta, que tinha de continuar. O que importava eram os Karas, que tinham de continuar!

Havia ainda muito a ser feito. Os Karas tinham vencido uma batalha, mas a guerra ainda estava longe, muito longe de terminar!

RECADO DO AUTOR

Eu nasci em Santos no dia 9 de março de 1942, e estudei por lá até 1961, quando me mudei para São Paulo para estudar Ciências Sociais na USP. Morando na capital do Estado desde então, casei-me com a Lia, contribuindo para a explosão demográfica com três meninos: o Rodrigo, o Marcelo e o Maurício. Fui ator, jornalista, publicitário e escrevo livros desde 1982.

Bom, se você quiser saber mais detalhes da minha vida, leia os outros livros com os Karas: *Pântano de sangue, Anjo da morte, A droga do amor, Droga de americana!* e *A droga virtual.* Aproveite para conhecer também *É proibido miar, Malasaventuras — safadezas do Malasarte, A marca de uma lágrima, O fantástico mistério de Feiurinha, Agora estou sozinha, O medo e a ternura, Descanse em paz meu amor, A hora da verdade, O grande desafio, O mistério da fábrica de livros, Minha primeira paixão,* e *Amor impossível possível amor* e mais uma penca de histórias.

Agora, eu quero falar do nascimento de *A Droga da Obediência* e da dor de cabeça que a provocou.

189

Não, você não entendeu direito. Não foi a *Droga da Obediência* que me provocou dor de cabeça; foi a minha dor de cabeça que provocou (inspirou) *A Droga da Obediência*.

Há anos eu sofria de uma brutal dor de cabeça chamada *Cefaléia de Horton*.

Certa madrugada, acordado por uma crise violenta, fui para minha mesa de trabalho esperar que passassem os habituais 50 minutos de dor. Enquanto as lágrimas, também habituais nessas crises, corriam pela minha face direita, que se inchava e avermelhava, eu pensava quanto era injusto aquele sofrimento: a injeção que fazia cessar imediatamente a dor, por interesses puramente comerciais, deixara de ser fabricada.

Ali estava eu sofrendo porque, lá na distante Suíça, alguém assim determinara. Fiquei pensando, então, que existem várias maneiras de se exercer o poder. Que uma empresa, capaz de controlar a duração ou a intensidade da dor que alguém possa ter, é mais poderosa que um exército.

O controle da dor! O controle das mentes! O controle da vontade! A humanidade controlada por drogas, os desejos regulados, os protestos abafados! A obediência absoluta! A humanidade acarneirada por uma droga!

Pensei também: mas será que isso é apenas ficção? Será que tudo isso já não está acontecendo atualmente com a jovem humanidade drogada, vagando como idiotas semimortos, sem fé no futuro, sem fé em si mesmos e já sem a força e a garra de que tanto precisamos?

Seria também impossível não somar, a essas inspirações sinistras, toda uma história de vida permeada pela exortação à obediência, à disciplina, à aceitação passiva de um mundo comandado de cima para baixo, em um país esmagado pela tutela insana de um autoritarismo obediente, ele também, a interesses externos. Assim nasceu A Droga da Obediência. Não é importante gostar do livro ou concordar com ele. É importante pensar no assunto.

Ai, quem me dera que um mundo de jovens de órbitas vazias fosse apenas ficção!

Pedro Bandeira

PS: Felizmente, desde 1991 minha dor de cabeça desapareceu (espero que para sempre...).